著名历史学者、央视《百家讲坛》主讲人

藏在成语里的历史故事

励志篇

晓玲叮当 编著

二十一世纪出版社集团
21st Century Publishing Group

和淘皮鼠一起探寻成语宝藏

——《藏在成语里的历史故事》推荐序

成语是历史凝成的精华，犹如蚌中明珠，在历史长河中几经打磨，最终成为后人研读先人思想的珍贵标本。

成语像是一扇穿越回古代的小窗，让后人得以窥视朝代的风云变幻和过去的风土人情。没有什么语言形式比成语更简洁并富有内涵的了，短短几个字里就藏着一段精彩绝伦的历史故事。你读懂了成语，也就读懂了历史。

或许，你会觉得有些成语晦涩难懂，词典里的解释难免枯燥乏味，那么，来读读这套《藏在成语里的历史故事》吧！你会发现，这套书不是刻板地塞给你释义，它更像是一个寻宝计划，通过讲述一个个有趣的成语故事，从而让你找到藏在成语里的珍珠，那就是一段段娓娓道来的历史往事。

阅读这套书，你会发现它的与众不同。

首先，这样的一套历史读物由非专业却深受广大孩子喜爱的著名儿童文学作家编写，让它的语言更加生动有趣，故事更加引人入胜，"索然寡味"的历史知识得以普及。

其次，作者借助自己创作的"淘皮鼠系列童话"中的各个角色来诠释历史故事，如此别出心裁，带给孩子一种轻松和活泼的阅读体验。

最后，每个成语篇章后面的"爆笑成语"板块，在让你眼前一亮、会心一笑的同时，也能让你脑洞大开。你一定想不到"一本正经"的成语还能用漫画这样有趣的方式来演绎！

我希望孩子们会喜欢这套书，爱上成语，爱上历史。翻开下一页，加入寻宝计划，赶快去寻找藏在成语中的那一颗颗璀璨明珠、一段段珍贵历史吧！

——著名历史学者、央视《百家讲坛》主讲人　方志远

目 录

百尺竿头	6	百折不挠	10
背水一战	14	乘风破浪	18
程门立雪	22	东山再起	26
独当一面	30	赴汤蹈火	34
鸿鹄之志	38	脚踏实地	42
金石为开	46	精忠报国	50
开卷有益	54	克己奉公	58
老当益壮	62	老骥伏枥	66
毛遂自荐	70	孟母三迁	74

牛角挂书	78	呕心沥血	82
披荆斩棘	86	破釜沉舟	90
忍辱负重	94	入木三分	98
势如破竹	102	手不释卷	106
铁杵成针	110	投笔从戎	114
韦编三绝	118	闻鸡起舞	122
卧薪尝胆	126	胸有成竹	130
悬梁刺股	134	夜以继日	138
一鼓作气	142	一鸣惊人	146
义无反顾	150	众志成城	154

百尺竿头

成语小词典

出　处　《景德传灯录》："师当时有偈曰：'百尺竿头不动人，虽然得入未为真。百尺竿头须进步，十方世界是全身。'"

释　义　百尺长的竿子顶端。佛教比喻道行修养到极高境地。也比喻事业、学问等有很高的成就。

近义词　扶摇直上、日新月异

反义词　每况愈下

成语造句

　　小鸡布丁终于获得了魔法师资格证，但他说自己仍须百尺竿头，更进一步。

成语故事

　　北宋的时候，有个名叫景岑（cén）的高僧，号招贤大师。招贤大师的佛学造诣非常高深，经常到各地讲经传道。

　　有一次，招贤大师来到了一座佛寺讲经。

　　僧人们一听说这个消息，连忙赶来佛寺，在法堂上端坐着，认真听大师讲解经书。

　　招贤大师的讲解深入浅出，僧人们安静地听着，沉浸其中。

　　大师刚讲完经，一名僧人便站了起来。僧人向他行了一个礼后，就提出了几点自己的疑惑。

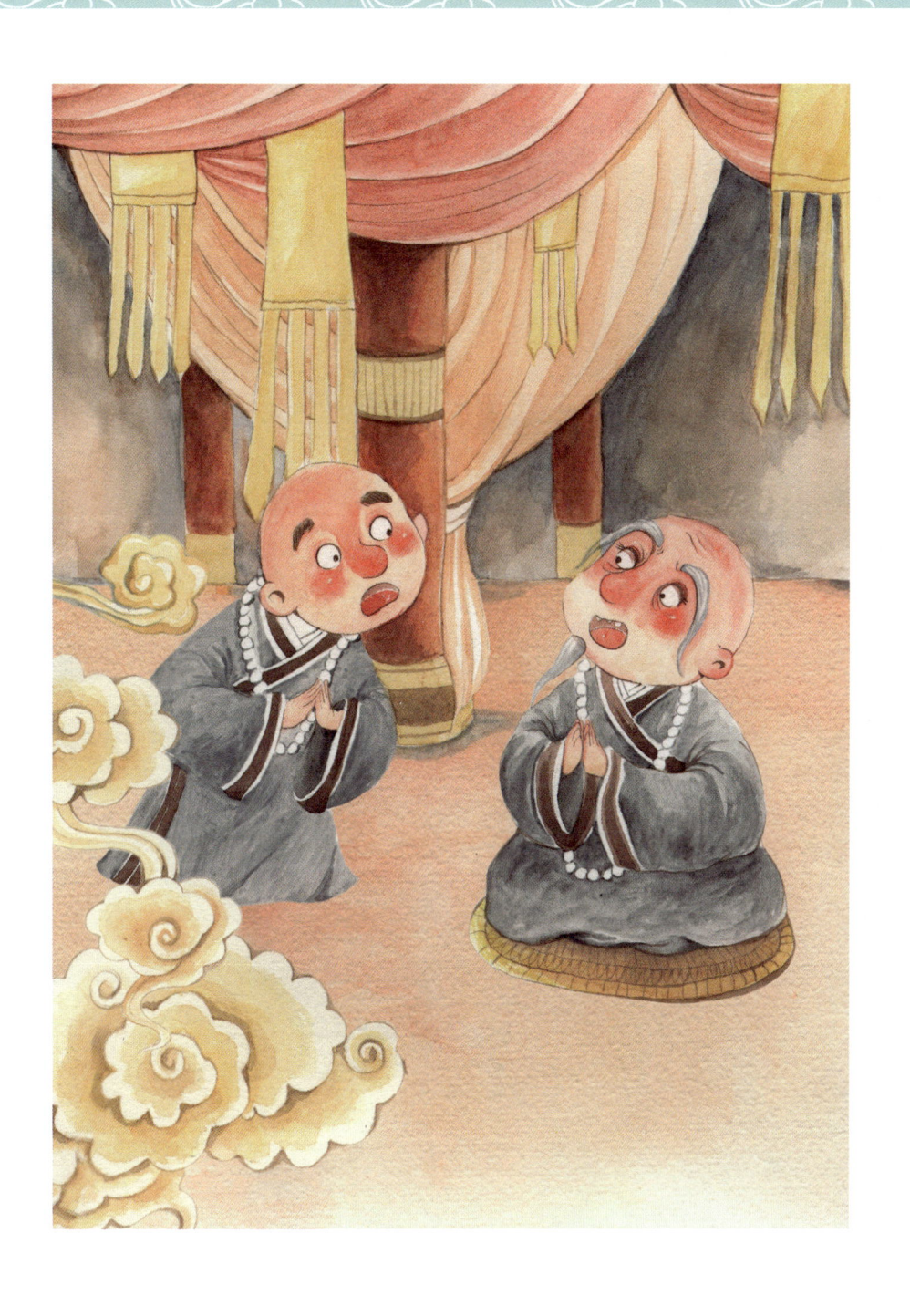

招贤大师听完僧人的问题，微微一笑，还了个礼，便开始为僧人答疑解惑。

僧人听得十分投入，深受启发。当他又遇到不懂的地方时，便再次向大师求教。

在二人的一问一答间，时间悄悄流逝。其他僧人听着他们的对话，也都受益匪浅，有的恍然大悟，有的则陷入了沉思……

大师和僧人探讨的，是关于佛教的最高境界——十方世界。

为了向僧人说明什么是"十方世界"，大师当场拿出了一份**偈（jì）帖**。

> 拓展阅读：
> 佛教中记载唱词的本子。

他缓缓展开偈帖，照着上面的文字唱道："百尺竿头不动人，虽然得入未为真。**百尺竿头须进步**，十方世界是全身。"

> 拓展阅读：
> 百尺竿头，更进一步。意思是修行虽然已经达到很高的境界，但仍继续修行。后多比喻学问、事业虽然取得很大成绩，但不应满足，要争取更大进步。

招贤大师唱的这段文字，意思是：百尺的竹竿并不算高，还需要更进一步，十方世界才是真正的高峰。

爆笑成语

糟糕,羽毛球打上屋顶了。

不行,这样够不着。

还是不够高呢。

我好累啊……

百尺竿头,还要更进一步才能够着!

我……要……不行了……

百折不挠

成语小词典

出　处　《太尉桥公碑》："其性庄，疾华尚朴，有百折而不挠，临大节而不可夺之风。"

释　义　折：原意为弯曲，引申为挫折。形容意志坚强，无论受到多少挫折也不屈服。

近义词　不屈不挠、坚韧不拔

反义词　知难而退、一蹶不振

成语造句

小鸡布丁做魔法实验时屡次失败，但他百折不挠，终于取得了成功。

成语故事

东汉时期，有一个官员名叫桥玄。

桥玄的性格很刚直，他特别痛恨那些作恶的奸人。每次遇到恶人，桥玄都会刚正不阿地与他们斗争。

桥玄在睢（suī）阳县担任**功曹**的时候，发现有个叫羊昌的官员犯下了不少罪行。于是，他将这些事全部告知了当时前来巡察的刺史周景，并请求周景准许他彻查羊昌。

羊昌背后的靠山——大将军梁冀听闻此事，立刻派人快马传送文书，以求赦免羊昌。但是，桥玄一点儿也不畏惧强权，

拓展阅读：
古代官名，亦称功曹史。西汉时期开始设置，为郡守、县令的主要佐吏。主管考察、记录业绩。

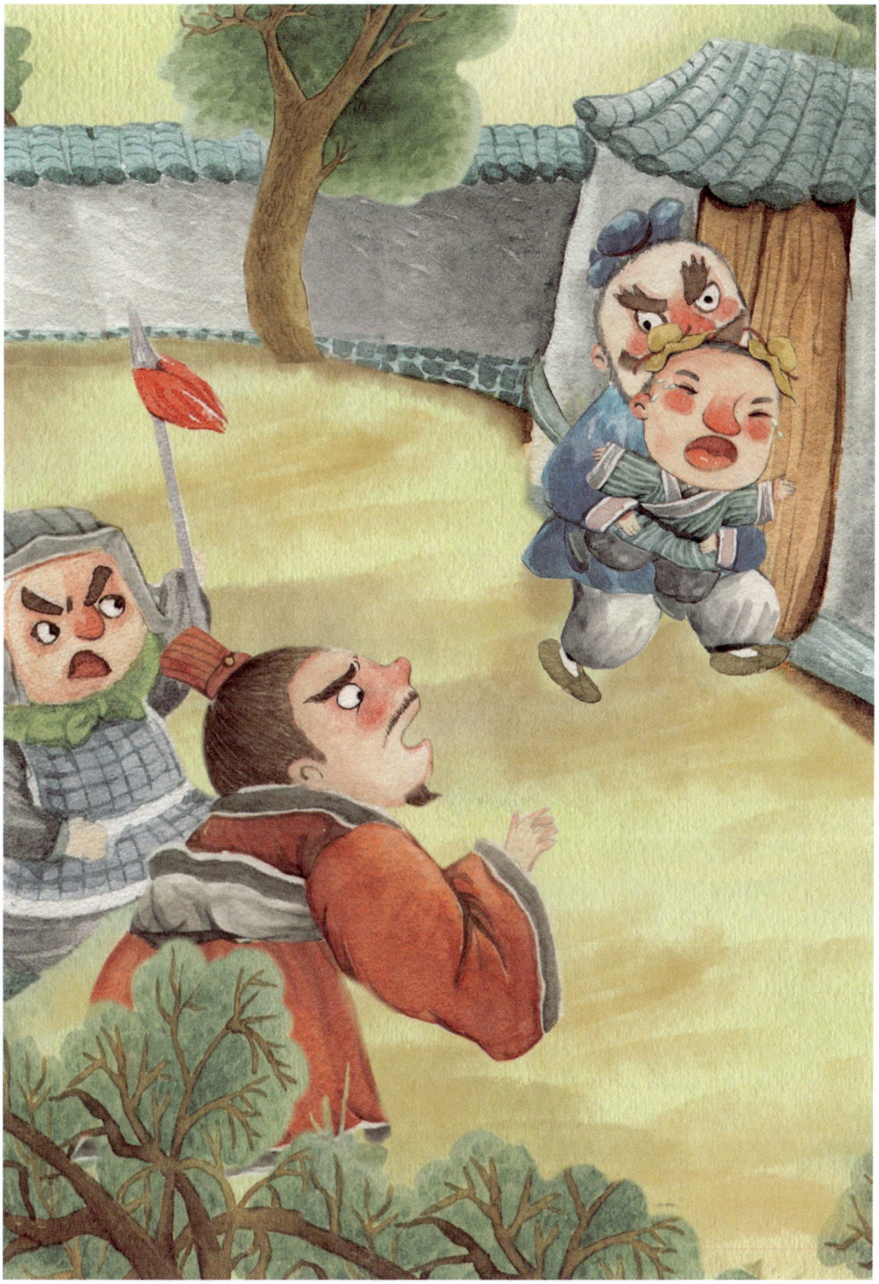

他将文书退还，认真地查办案子，最终把羊昌送上了囚车。

经历此事，桥玄的名气慢慢大了起来。不久，他被举荐为**孝廉**，升了官。

> 拓展阅读：
> 孝廉是指孝子廉吏，举孝廉是汉武帝时期设立的察举考试的科目之一。

有一天，一群强盗盯上了桥玄家。

强盗趁着桥玄的儿子在外面玩耍，绑架了他的儿子。他们带着孩子冲到桥玄家，向桥玄勒索钱财，还威胁说："如果你不答应，我们就杀了你的孩子！"

消息传到官府，官兵们全部出动，紧紧地包围住桥玄家。但他们都担心强盗会伤害到桥玄的孩子，始终不敢贸然行动。

桥玄十分愤怒，他朝着官兵们大声呵斥："这些强盗如此猖狂，绝不能因为孩子放过他们！"

于是，官兵们冲上前去，成功地捕获了强盗。但不幸的是，桥玄的孩子命丧强盗手中。

桥玄死后，他公正严明的品行和刚毅果敢的性格让人们广为传颂。东汉著名的文学家蔡邕（yōng）很是欣赏桥玄，他在《太尉桥公碑》中称赞桥玄："有百折而不挠，临大节而不可夺之风。"

爆笑成语

这次，我要用百折不挠的毅力战胜肥胖！

那我期待你减肥成功。

酷呆呆，快来吃蛋糕。

不行，我不能被这蛋糕诱惑。

听说生吃胡萝卜能减肥哦！

呜呜，真难吃，我忍！

哇，我瘦了0.01千克！

背水一战

成语小词典

出　处　《史记·淮阴侯列传》："信乃使万人先行，出，背水陈。赵军望见而大笑。"

释　义　背水：背靠河水。后用"背水一战"指决一死战。也比喻在绝境面前做最后一次努力或拼搏。

近义词　破釜沉舟、背城借一

反义词　坐以待毙、束手就擒

成语造句

事到如今，大家已经走投无路了，只能背水一战。

成语故事

> 拓展阅读：
> 西汉开国功臣，军事家，"兵家四圣"之一，"汉初三杰"之一，中国军事思想"兵权谋家"的代表人物，被后人奉为"兵仙""神帅"。

刘邦手下有一员大将，名叫韩信。

公元前204年，韩信率领汉军攻打赵国。

井陉（xíng）口的西面，有一条长约百里的狭道，这是韩信军队的必经之地。因此，赵王和大将陈余立刻聚集重兵，严守井陉口。

赵军谋士李左车提出一条妙计："这里道路狭窄，车马不能并进，汉军粮草队必定会落后，到时候派兵从小道出击拦截，切断汉军的粮草，再坚守要塞，不出几日便能将他们困死。"

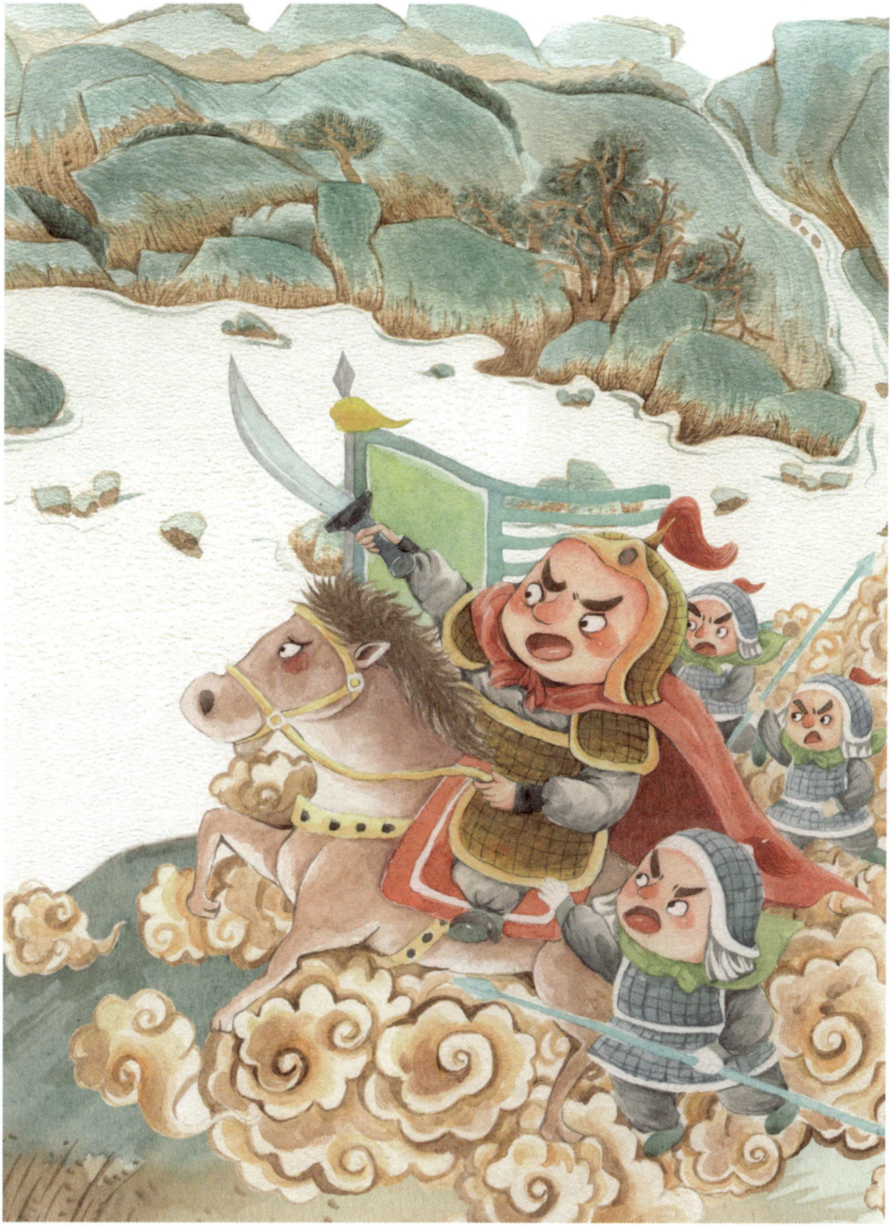

陈余听后，并不同意，说："我们的兵力更有优势，如果不正面作战，岂不是让人笑话！"

韩信探得这一消息后，十分高兴。他迅速带兵在井陉狭道的三十里外安营扎寨。

这天半夜，韩信派两千轻骑从小路偷偷出发，他们每人带着一面汉军旗帜，埋伏到赵军大营附近。韩信吩咐道："等天亮交战，你们一看到我军败逃，赵军倾巢出动追赶时，就火速进入赵军营垒，把他们的旗帜换成我们的。"

剩下的汉军士兵，吃了些简单干粮，便朝着井陉口进发。他们沿着河岸，背水摆开了列阵。

要知道，背水历来是兵家绝地，一旦背水，非死不可。赵军远远瞧见了，都嘲笑韩信不懂兵法，在自寻死路。

天亮后，韩信率军发起进攻，双方展开激战。过了一会儿，汉军佯装败退，退到了河岸边。陈余指挥赵军乘胜追击，而此时的汉军已经无路可退，一个个拼死奋战。

厮杀了半日，赵军并不占优势。可正当他们想要回营时，却发现营中竟然插满了汉军的军旗。顿时，赵军大乱。

韩信乘势反击，打得赵军落花流水。陈余战死，赵王被俘。

战后，大家庆祝胜利时，有个将领不解地问韩信："兵法上说，列阵要背山面水。这次我们背水列阵，居然也能取胜，这是为什么呢？"

韩信笑着说道："兵法上还说'陷之死地而后生，置之亡地而后存'。如果是有退路的地方，大家都逃散了，还怎么拼命一搏呢？"

爆笑成语

酷呆呆，你在做什么？

下午就要考试了，我在复习呢！

这应该就是"背水一战"了吧？

乘风破浪

成语小词典

出　处　《宋书·宗悫传》："悫年少时，炳问其志，悫曰：'愿乘长风破万里浪。'"

释　义　乘：趁着。破：冲开。船趁着顺风，破浪前进。形容不畏艰险，奋勇前进。

近义词　劈波斩浪、披荆斩棘

反义词　裹足不前、畏首畏尾

成语造句

老龙咪咪的船乘风破浪，驶向大海。

成语故事

南北朝时期，宋国有个叫作**宗悫**（què）的年轻人。

宗悫很小的时候就跟着父亲和叔父学习武术，少年时期便练就了一身不凡的武艺。

这天是宗悫哥哥的婚礼，宗家宾客如云，热闹非凡。没想到，十几个盗贼趁着大家不注意，也混进了宗家。

盗贼们见所有人都沉浸在婚礼的喜悦中，便瞄准时机溜进宗家的库房，准备洗劫一空。正巧，一个家仆走进库房拿东西，看见这些盗贼，吓得惊慌失措，尖叫着跑回客厅。

拓展阅读：
字元干，南阳涅阳（今河南邓州）人，东晋书画家宗炳之侄，南朝宋名将。永光元年（465年），在雍州病逝，追赠征西将军，谥号肃侯。

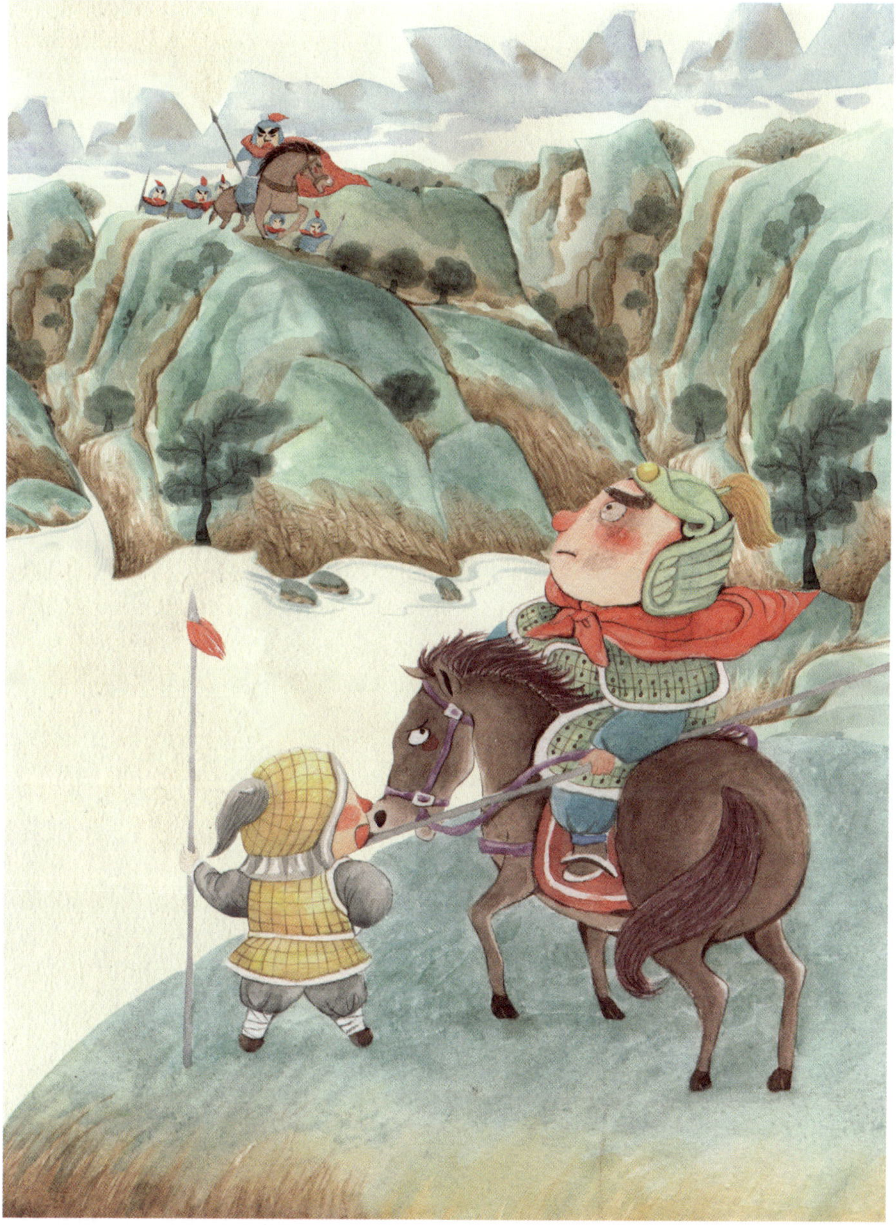

客厅里的主人和宾客得知后,一时间不知如何是好。慌乱中,只见少年宗悫镇定地走了出来,径直奔向库房。

宗悫拔出身上的佩剑,神态自若地对准库房里的一伙儿盗贼。盗贼们见状,也挥舞着自己的刀剑,手忙脚乱地恐吓他。

只见宗悫举起佩剑,径直刺向盗贼。盗贼们一看情况不妙,都瑟瑟发抖地丢掉到手的财物,落荒而逃。

大家看盗贼被赶走,纷纷夸奖宗悫。

宗悫的叔父问他:"宗悫,你长大后想干什么呀?"

宗悫把头昂得高高的,大声回答说:"愿乘长风破万里浪,成就一番伟大的事业。"

几年后,林邑王范阳迈侵扰宋国边境,皇帝派人前去讨伐,宗悫自告奋勇参战,被任命为"振武将军"。

在战场上,有一次,宗悫前去阻击林邑王的增援兵力。他将部队埋伏在援军的必经之路上,援军刚出现在埋伏圈,他们便立即出击。果然,援军被打得落花流水。

后来,宗悫还为国家打了不少胜仗,立下了很多战功,终于实现了他少年时候的梦想。

拓展阅读:
林邑国,位于中南半岛东部的古国名。约在今越南南部顺化等处。

爆笑成语

乘风破浪

大家要有乘风破浪的精神。

这天,酷呆呆来到海边……

看我的!

太危险了!

我只是想乘风破浪一下。

程门立雪

成语小词典

出处 《宋史·杨时传》："（杨时）一日见颐，颐偶瞑坐，时与游酢侍立不去。颐既觉，则门外雪深一尺矣。"

释义 程：指宋代理学家程颐。"程门立雪"本指学生恭敬受教，后比喻尊师重教。

近义词 尊师重教

反义词 班门弄斧

成语造句

淘皮鼠拿出了程门立雪的精神，虚心向老龙咪咪求教跳跳镇历史。

成语故事

北宋时期，有一位名叫杨时的进士。

杨时从小就很聪慧，八岁能赋诗，九岁能作赋。因此，人们都称他为"神童"。

十五岁时，杨时开始潜心研究经史。几年后，杨时考中了进士，但是他淡泊名利，放弃了做官，决心进一步钻研**理学**。

程颢（hào）是洛阳著名的学者，杨时听闻后，不辞辛苦来到了洛阳，拜他为师。遗憾的是，四年后，程颢就去世了。杨时伤心地在门前大哭，心中十分悲痛。

拓展阅读：

理学又名道学，是两宋时期产生的主要哲学流派。理学分两大流派：一称程朱理学，以"二程"（程颢、程颐）、朱熹为代表，强调理高于一切；一称陆王心学，以陆九渊、王阳明为代表，强调心是宇宙万物的主宰。

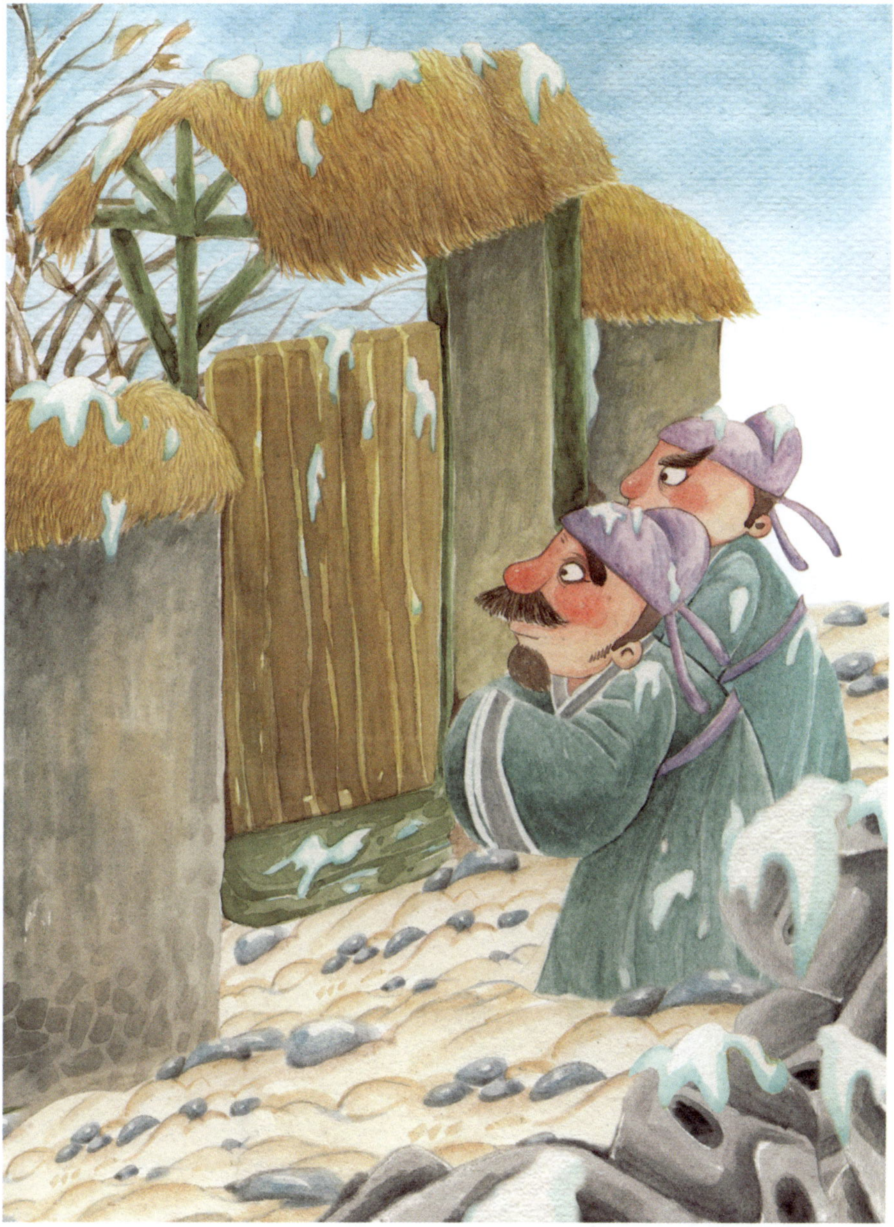

没过多久，杨时又投到了程颢的弟弟程颐的门下学习。

这时候，杨时在理学方面已经有了一定的成就，但他对程颐仍旧非常谦虚恭敬。

有一次，杨时想请教程颐一个问题，他约上同伴**游酢**（zuò）一同去拜访老师。

那天正是最寒冷的时候，天空阴沉沉的，布满乌云。杨时和游酢走到半路，寒风瑟瑟，吹得他们捂紧了衣服。不一会儿，漫天雪花便纷纷飘落了下来。

等他们终于来到程颐家时，看见程颐正坐在火炉旁打盹儿。杨时不想惊醒老师，就和游酢一直安静地站在门外等候。

雪越下越大，团团雪花不停地落在两人身上，就连院子都像铺上了一层洁白的地毯。

不知道过了多久，程颐醒来后才惊讶地发现站在雪地里的杨时和游酢，连忙迎两人进屋。

后来，杨时领悟到理学的真谛，回到南方传播程氏理学，人们都尊称他为"龟山先生"。而他对老师的这份尊敬之心，也一直为后人所赞扬。

> **拓展阅读：**
> 北宋书法家、理学家。他自幼颖悟，过目成诵。程颐一见，谓其资可适道。

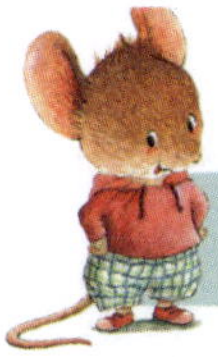

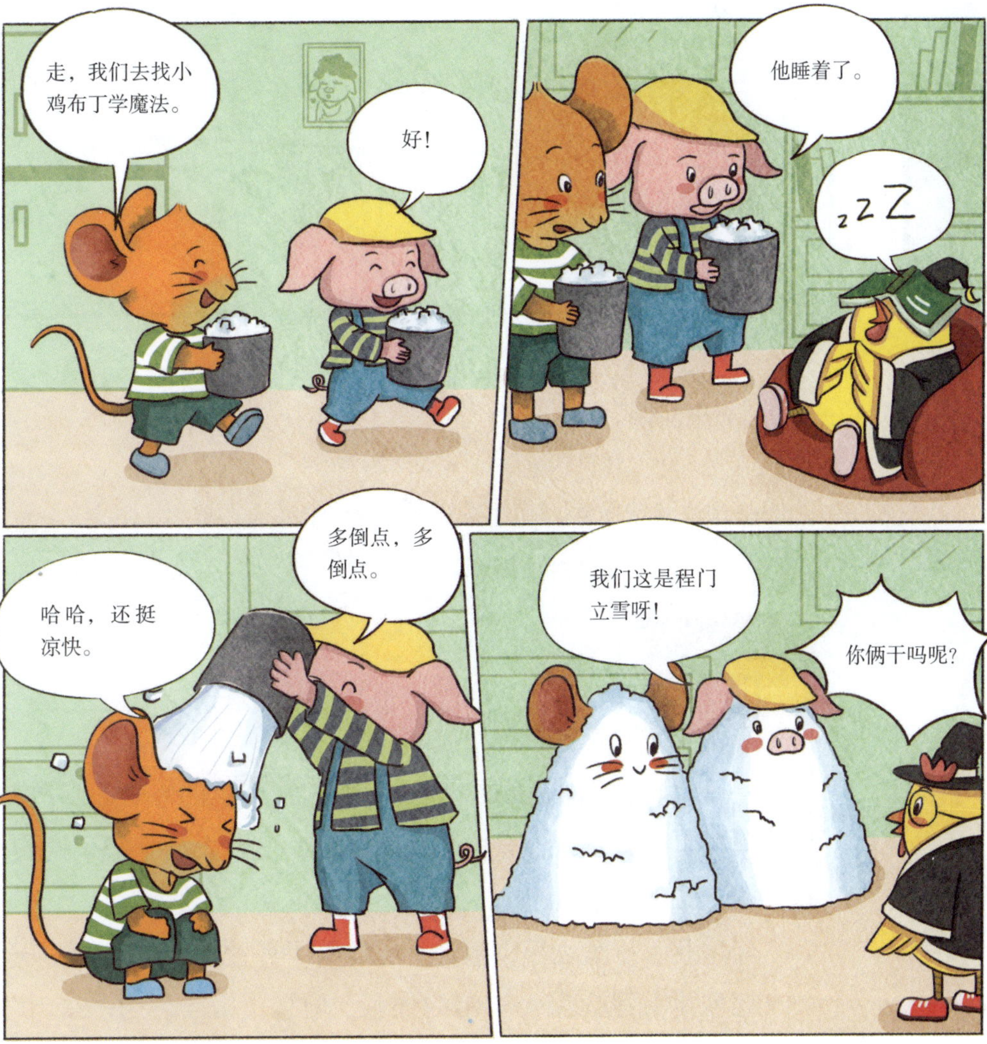
走，我们去找小鸡布丁学魔法。
好！
他睡着了。
zZZ
哈哈，还挺凉快。
多倒点，多倒点。
我们这是程门立雪呀！
你俩干吗呢？

东山再起

成语小词典

出处 《晋书·谢安传》:"隐居会稽东山,年逾四十复出为桓温司马,累迁中书、司徒等要职,晋室赖以转危为安。"

释义 比喻隐退后再出来任要职,也比喻失势后重新得势。

近义词 重整旗鼓、卷土重来

反义词 一蹶不振、一去不返

成语造句

淘皮鼠很乐观,每次失败后,他都相信自己能东山再起。

成语故事

东晋文人谢安是一个很有才华的人。

但是,他也因出众的才华,受到朝廷奸臣的嫉妒。那些奸臣常常在皇帝耳边说谢安的坏话,惹得皇帝时不时地贬谪谢安。可当遇到难办的事情时,皇帝又不得不重新重用他。

经过几番折腾之后,谢安生气地辞了官,到土山隐居。

谢安十分思念家乡东山的景色,便把土山改名为"东山"。他每天饮茶作诗,闲敲棋子,日子过得格外惬意。

谢安的日子舒适了,可东晋朝廷却不安稳了。前秦皇帝

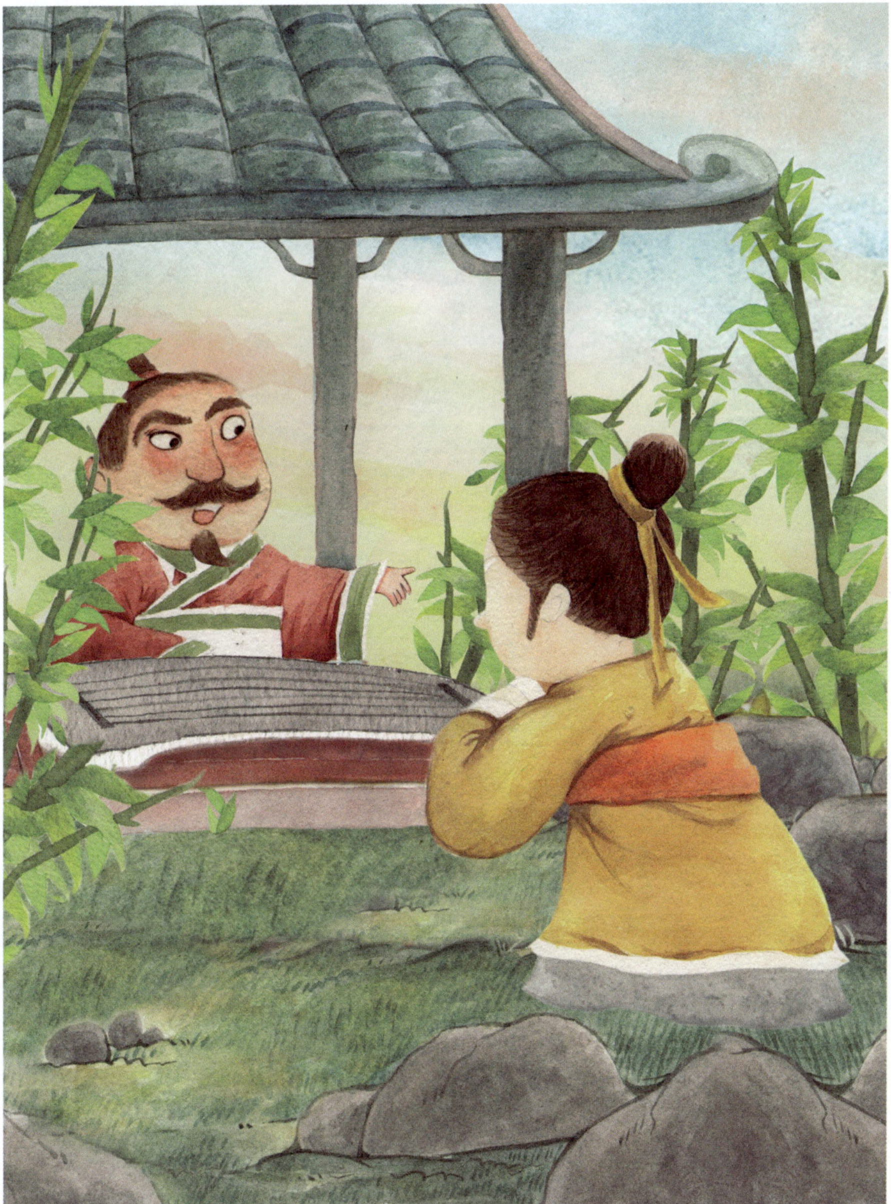

苻（fú）坚率领百万大军，气势汹汹地前来伐晋。

东晋皇帝如坐针毡，危急时刻又想起了谢安，他心想：如果谢安在，一定有办法救东晋于水火之中。

于是，东晋皇帝便立刻派人到东山，请谢安出山。

这时的谢安已经四十多岁了，不再年轻。但在国家生死存亡的紧急关头，他没有推脱，而是立马肩负起保卫国家的重任。

虽然已经很久不理军务了，但谢安调兵遣将的本事却一点儿也没生疏。他迅速整顿好军队，制定了奇略，最终，以少胜多，造就了历史上著名的"**淝水之战**"。

谢安立下如此大功，东晋皇帝便封他为"三公之上"。

谢安隐居东山，再次出山后便立了大功。这段故事被后人传为佳话，人们都称这是"东山再起"。

拓展阅读：
发生于公元383年，是东晋十六国时期北方的统一政权前秦向南方东晋发起的战役。前秦出兵伐晋，于淝水交战，最终东晋仅以八万军力大胜八十余万前秦军。淝水之战是中国历史上著名的以少胜多的战役。

爆笑成语

淘皮鼠和酷呆呆正在搭积木。

啊！糟糕！！

对……对不起，我把积木都弄塌了……

没事儿，看我让它"东山再起"！

独当一面

成语小词典

出　处　《汉书·张良传》："汉王之将，独韩信可属大事，当一面。"

释　义　单独指挥军队，应战一面之敌。后泛指独立承担一个方面的工作。

近义词　自力更生、独立自主

反义词　俯仰由人、仰人鼻息

成语造句

夜巡者猫头鹰工作认真负责，具备独当一面的实力。

成语故事

张良是我国历史上著名的谋士，他辅佐刘邦，建立了汉王朝，与韩信、萧何并称为"汉初三杰"。

他谋略过人，曾多次出谋划策，帮助刘邦取得战役的胜利。刘邦对他十分器重。

有一回，刘邦发兵攻打楚都彭城，结果反被项羽的军队打得四下逃散。

汉军死伤惨重，一路丢盔弃甲，只得撤军后退。

当军队撤退到下邑的时候，突然，刘邦翻了个身，从战马

拓展阅读：

彭城之战：发生在汉二年（公元前205年），是楚汉相争中的一场大战。这一战使刘邦遭受了自起兵以来最大的惨败。楚军依靠项羽坚毅果敢的指挥，在半日之内以3万之师击溃汉军56万之众。歼灭刘邦主力，使刘邦陷入"发关中老弱未傅悉诣荥阳"的危机局面，创造了古代战争中速决战的典范，是中国历史上以少胜多的著名战例。

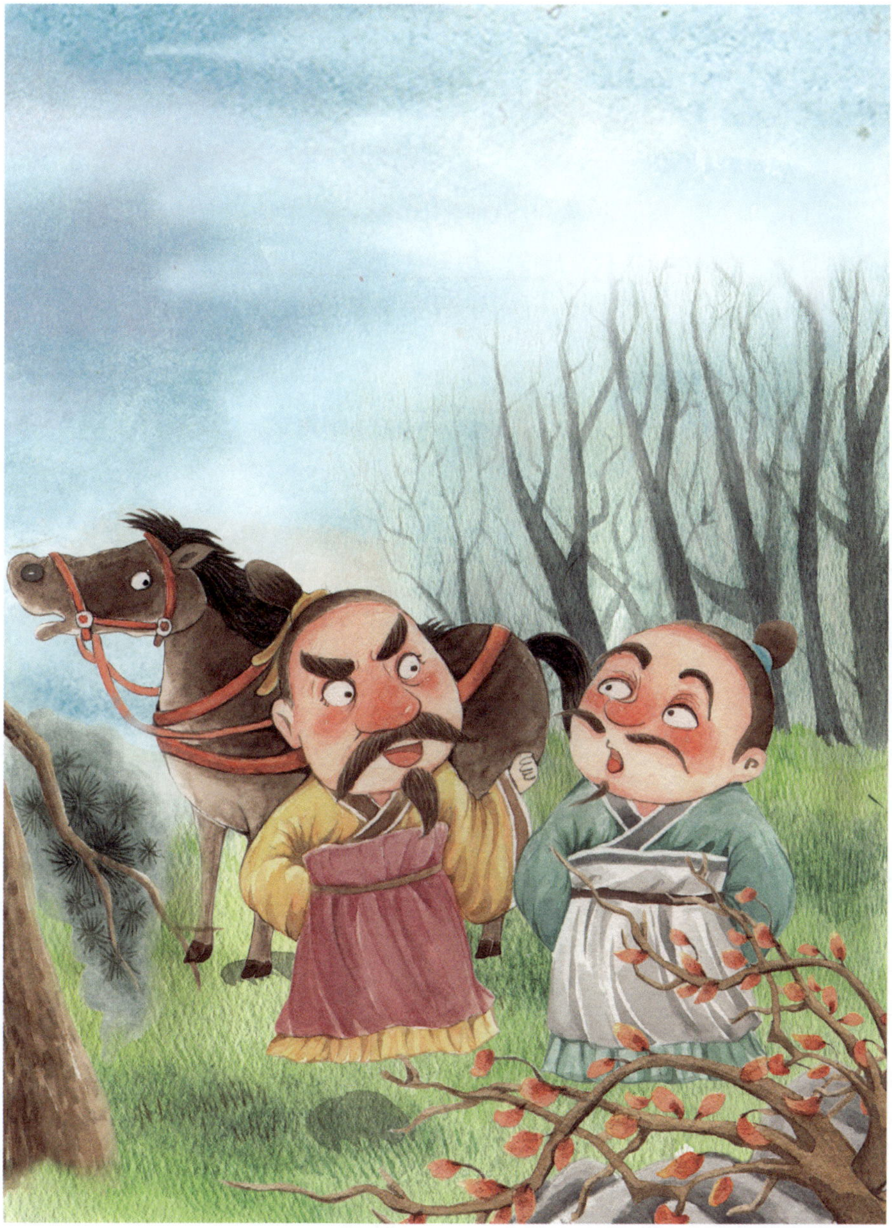

上跳了下来。

  他气恼地对张良说："我打算将**函谷关**以东的一些土地作为封赏。如果有人能够帮我战胜项羽，我就把这些土地送给他！"

  张良沉思了一会儿，说："楚国的九江王英布是一员猛将，打仗非常厉害。听说他和项羽产生了点矛盾。而且，我还得到消息，楚国的另一员大将彭越和齐国勾结上了，正打算背叛楚国。这两个人都是可以利用的。至于大王手下的将领，我认为，只有韩信有这个能力，可以独当一面。如果大王愿意将关东的土地赏赐给这三个人，我们就有希望打败楚国。"

  刘邦按照张良说的去做，最后果真打败了项羽，击溃了楚国。

> **拓展阅读：**
>   该关西据高原，东临绝涧，南接秦岭，北塞黄河，是中国历史上建置最早的雄关要塞之一。

爆笑成语

拔河比赛就要开始了,大家正在分组。

我要和奔奔一组!

我也要和奔奔一组!

你们三个一组!在拔河这个项目上,我可以独当一面。

赴汤蹈火

成语小词典

出　处　《三国志·魏书·刘表传》裴松之注引《傅子》："今策名委质，唯将军所命，虽赴汤蹈火，死无辞也。"

释　义　赴：奔向。汤：开水。蹈：踩。比喻不避艰难危险，勇往直前。

近义词　奋不顾身、出生入死

反义词　贪生怕死、畏缩不前

成语造句

为了维护跳跳镇的合法权益，镇长青蛙呱呱愿赴汤蹈火。

成语故事

西汉时期，有个叫晁（cháo）错的政治家。

在治理国家的问题上，晁错时常能提出自己独到的见解。皇帝听取了他的建议后，将国家治理得井井有条。

有一天，晁错和皇帝在谈论边疆问题时提出了自己的看法。

晁错认为，应该多派一些人去保卫边塞，以维护国家的安定。但是，边塞的环境实在太糟糕了，几乎没有人愿意到那儿去。所以，如果想要让更多的人守卫边塞，必须想个办法。

皇帝很困惑，问道："你有什么好办法吗？"

拓展阅读：

西汉政治家、文学家。汉文帝时，任太常掌故，后历任太子舍人、博士、太子家令；景帝即位后，任为内史，后迁至御史大夫。后因进言削藩，损害了诸侯的利益，七国诸侯举兵反叛，汉景帝为平息众诸侯怒，腰斩其于东市。

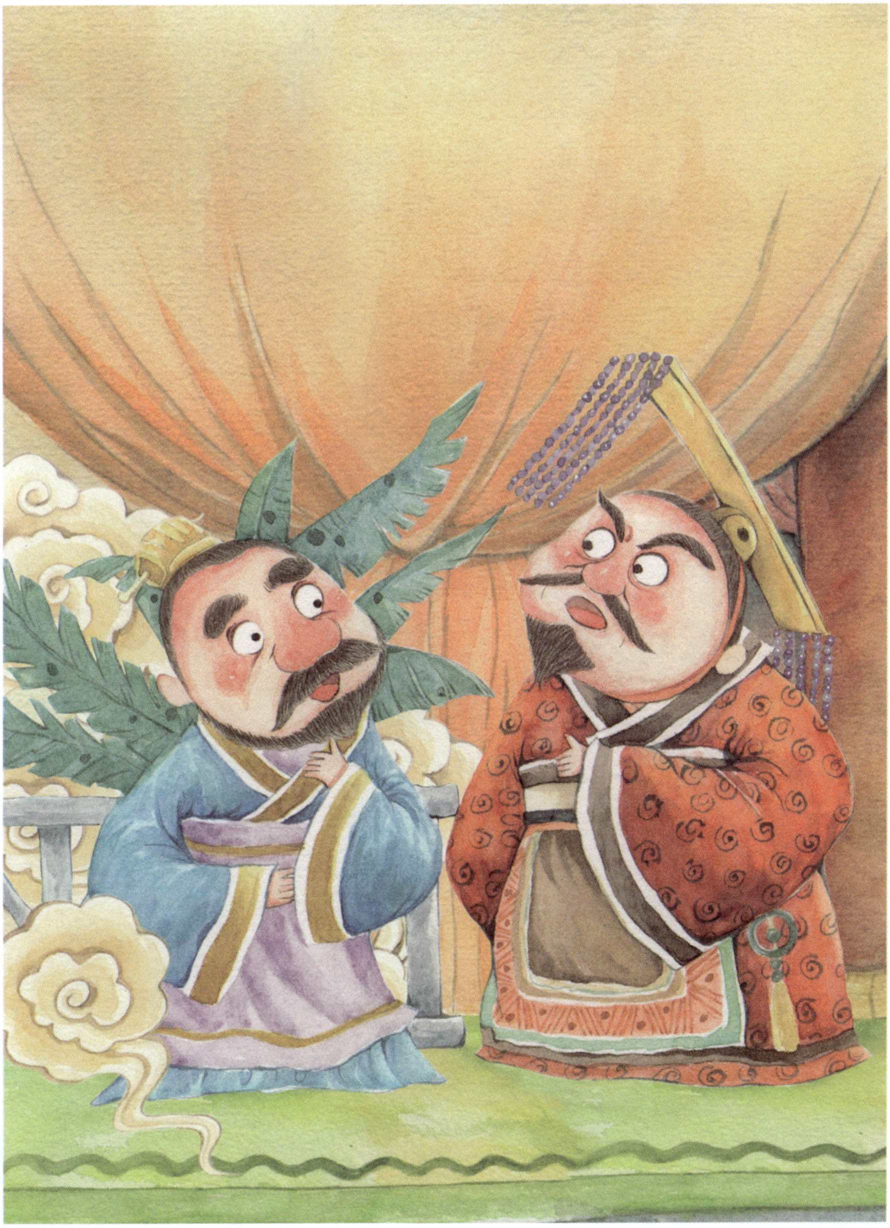

晁错想了想，回答说："打仗的时候，如果士兵能够坚守在战场上，不向敌方投降，我们就要给予他们一定的奖励。而且，还要将从匈奴那里获得的财物分给他们。"

> 拓展阅读：
> 中国古代北方游牧民族。

皇帝陷入了思考，晁错则继续说："对能打胜仗和坚守城池的人不仅要给予物质奖励，还要提拔。如果能做到这样，那他们肯定愿意冒着生命危险，为保卫边疆赴汤蹈火，在所不惜。"

皇帝听后，觉得很有道理，便采纳了晁错的建议。后来，人们果然积极地前往边塞保卫国家了。

爆笑成语

嬉皮猴的生日快到了呢!

那我们为他做个最豪华的生日蛋糕吧!

好!就算是让我赴汤蹈火,我也愿意。

我看是你自己太想吃吧。

鸿鹄之志

成语小词典

出　处　《史记·陈涉世家》:"嗟乎,燕雀安知鸿鹄之志哉!"

释　义　鸿鹄:天鹅,比喻志向远大的人。指远大的志向。

近义词　雄心壮志、壮志凌云

反义词　胸无大志、碌碌无为

成语造句

淘皮鼠有鸿鹄之志,长大后他想当一名画家。

成语故事

秦二世时,赋税沉重,民不聊生。百姓十分痛恨统治者的暴政,怨声载道。

陈胜出生在一个贫苦家庭,为了贴补家用,他只能去别人家做雇农,帮别人耕地。

一天,陈胜和其他雇农正在锄地。突然,他觉得心里很不服气:自己身为男子汉大丈夫,难道要在农田里度过一生?

他越想心里越闷,便扔掉农具,坐在田边发呆,盘算自己的未来。

拓展阅读:
　　字涉,秦朝末年农民起义的领袖之一。他与吴广率众起兵,成为反秦义军的先驱,后被秦将章邯所败,遭车夫刺杀而死。陈胜死后被辗转埋葬在芒砀山。刘邦称帝后,追封陈胜为"隐王"。

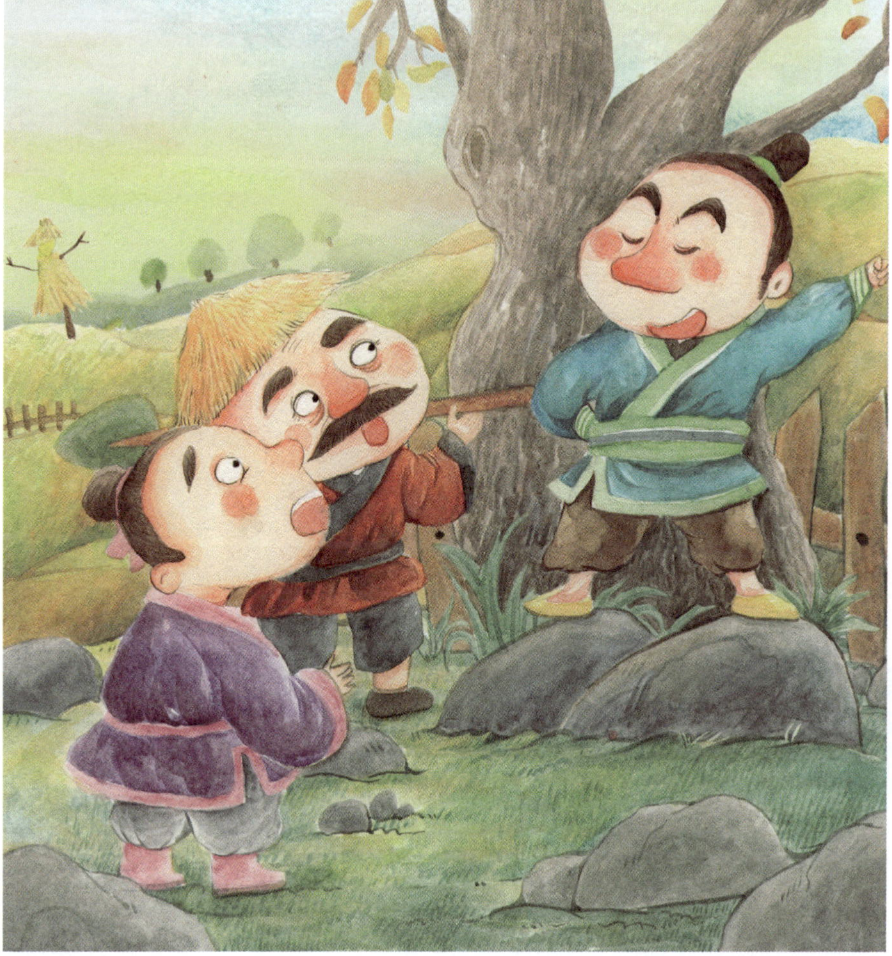

"以后我们之中有谁富有了,千万不要忘记一起受过苦的兄弟啊!"陈胜突然跳起来,激动地说。

听了陈胜的话,一同锄地的雇农冷笑道:"我们一群给人家当雇农的人,哪有出人头地的希望!"

陈胜叹了口气,无奈地说道:"小小的燕雀怎么会了解**鸿鹄**的远大志向呢!"

事实证明,有志向的人是不会被时代埋没的。后来,陈胜和另一个同样有远大志向的小伙子吴广,发动了中国历史上第一次农民起义,陈胜被起义军拥戴为王。

> **拓展阅读:**
> 鸿是指大雁,而鹄则是天鹅。大雁和天鹅都是飞得又高又远的鸟。

爆笑成语

你们要有鸿鹄之志！

鸿鹄之志是什么？

就是天鹅的志向。

请问您的志向是什么？

抓鱼！抓好多鱼！

脚踏实地

成语小词典

出　处　《邵氏闻见前录》："司马温公尝问康节（邵雍）曰：'某何如人？'曰：'君实（司马光）脚踏实地人也。'"

释　义　把脚稳稳地踩在地上。形容做事认真踏实，实事求是，不浮夸。

近义词　兢兢业业、足履实地

反义词　好高骛远、弄虚作假

成语造句

酷呆呆整天胡思乱想，做事情从来不脚踏实地。

成语故事

司马光是北宋时期著名的史学家。

他从小就对历史有着极大的兴趣，周围的人常常看见他埋头读史书的身影。

宋英宗时，司马光奉天子的命令，负责编纂（zuǎn）《资治通鉴》。刘恕、范祖禹等人都来协助他一起完成这项工作。

为了编纂《资治通鉴》，司马光每天都认真踏实地研究史书，收集大量的资料，再按照资料的年代顺序仔细编排。

他常常没日没夜地工作，费尽了心思和精力。

拓展阅读：
编年体史书，共294卷，历时19年完成。主要以时间为纲，事件为目，从周威烈王二十三年(公元前403年)写起，到五代后周世宗显德六年(公元959年)征淮南停笔，涵盖16个朝代1362年的历史。

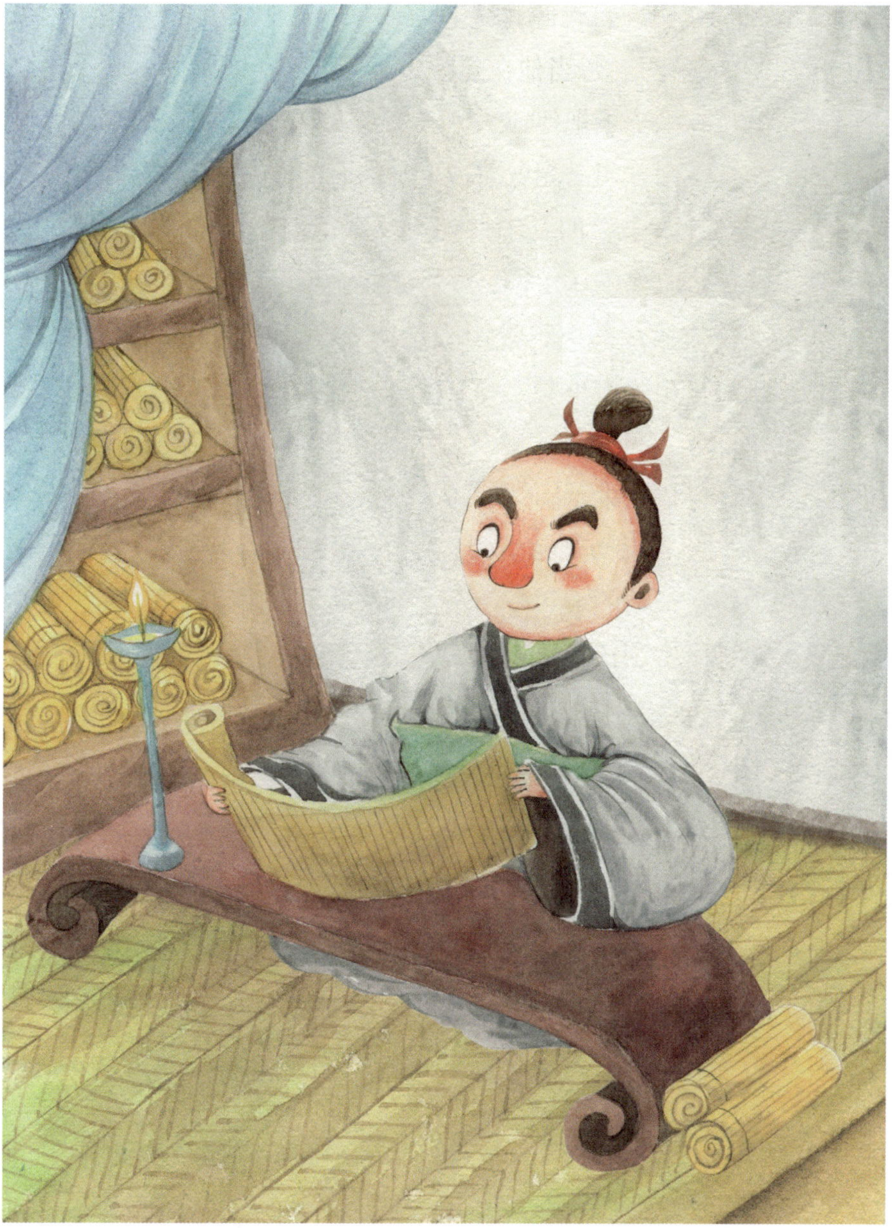

司马光担心自己睡过头，耽误编书的进度，特意用圆木做了一个"警枕"。每当他在熟睡中翻身，这个圆溜溜的枕头就会滚到旁边，一下子把他惊醒。

这样一来，司马光就能把更多的时间用在工作上。

司马光对书稿的要求格外严格。每一篇书稿，都需要经过他反复的修改才确认定稿。

在编排唐代的史料时，他先是整理出六百多卷的初稿，等到定稿时再精练出重要内容，最终只剩下八十卷。

这八十卷的内容，司马光全部用楷书写得非常细致齐整。那些废弃的稿子堆了满满两间空屋子。

就这样，司马光耗费了整整十九年的时间，才将这部中国历史上跨时最长的编年史——《资治通鉴》编纂完成。

宋神宗熙宁三年，因为反对**王安石变法**，司马光移居至洛阳。在那儿，他认识了一个朋友名叫邵雍，两人常聚在一起闲谈。

一天，司马光问邵雍："您觉得我是一个怎样的人呢？"邵雍想了想，回答道："你啊，是一个脚踏实地的人。"

拓展阅读：
宋神宗时期，王安石发动的旨在改变北宋建国以来积贫积弱局面的一场社会改革运动。

爆笑成语

运动会的跳绳比赛开始了。

我跳了100下,我的弹跳力不错吧!

跳绳太累了,我才跳10下就不行了。

你怎么一下也没有跳啊?

妈妈教我,做鼠要脚踏实地,我怎么能让我的双脚离开地面呢?

金石为开

成语小词典

出　处　《新序·杂事四》:"熊渠子见其诚心,而金石为之开,况人心乎?"

释　义　原意为,只要用心有诚意,金石都可以被打开。比喻只要意志坚定,就能克服一切困难。

近义词　精血诚聚

反义词　无动于衷

成语造句

大马棒棒相信,精诚所至,金石为开,只要肯努力,他一定能够成为最厉害的甜点大师!

成语故事

春秋战国时期,楚国有个人叫作熊渠子。他的臂力惊人,箭法高超,是个远近闻名的射箭能手。

有一天晚上,熊渠子出行路过一个林子,突然看到不远处的草丛里有一只老虎。

他吓出一头冷汗,急忙弯弓搭箭,瞄准老虎脑袋。"嗖"的一声,利箭划破夜空,冲着老虎直射而去。

但是,奇怪的是,那只老虎却不吼不叫,甚至没有离开原来的位置。

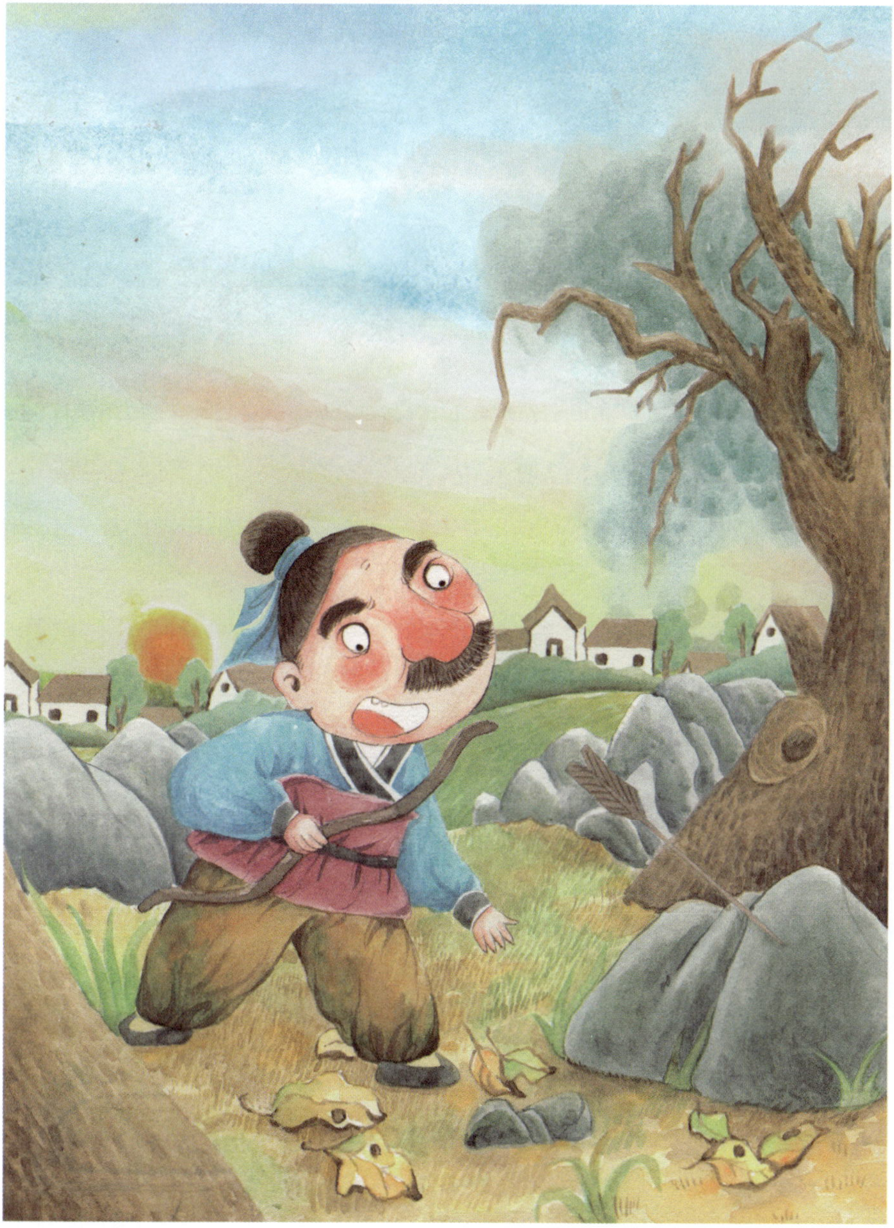

熊渠子觉得有点儿不对劲，他壮着胆子，走上前一看：草丛里哪有什么老虎，他看到的只是一块大石头罢了！

不过，令人感到吃惊的是，他射出的那支箭，竟然整根都没入了石头里。熊渠子心想：我的力气虽然很大，但是怎么能把箭射到石头里呢？

于是，他后退了几步，重新瞄准石头，又射了几箭。可那些箭不是"啪"的一声被弹开，就是断成几截，没有一支能够射进石头里。

熊渠子想不通其中的缘由，不解地摇了摇头，继续往前赶路。

这件事传开之后，有人说，熊渠子之所以能把箭射到石头里，是因为他当时精神高度集中，怀着必须射中的决心，才射出那一箭的。

爆笑成语

掉下来，掉下来……

苹果，掉下来。

这就是精诚所至，金石为开。古人没有骗我！

精忠报国

成语小词典

出　处　《宋史·岳飞传》:"初命何铸鞫之，飞裂裳以背示铸，有'尽忠报国'四大字，深入肤理。"

释　义　竭尽忠诚，报效国家。

近义词　尽忠报国

反义词　卖国求荣

成语造句

岳飞精忠报国的故事让人感动。

成语故事

宋朝时期，有个年轻人叫岳飞，他文武双全，有勇有谋，一心想为国家效力。

当时，金人入侵，宋朝当权者腐败无能，畏畏缩缩，一直在打败仗。整个大宋像一座在暴风雨中摇摇晃晃的危楼，随时都有坍塌的危险。

岳飞的母亲把岳飞叫到面前，语重心长地说："现在国家处于存亡的关头，你打算做点什么？"

"好男儿应当精忠报国！"岳飞响亮地回答。

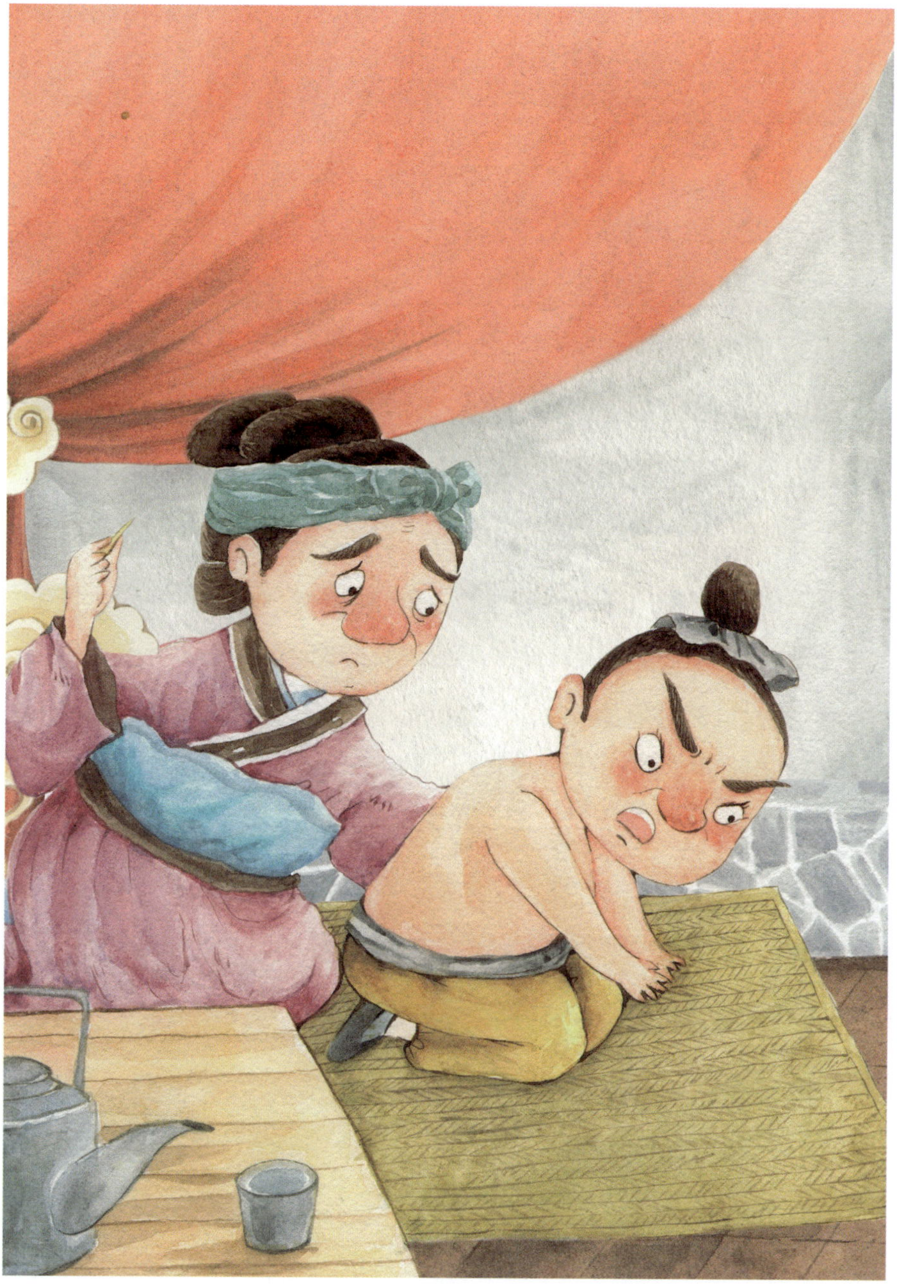

岳母听了儿子的回答，满意地点了点头。她拿出绣花针，打算在岳飞背上刺下"精忠报国"四个字，希望儿子可以将这句誓言铭记于心。

"儿子，你忍一下，可能有点痛。"岳母怕儿子疼，提醒道。

岳飞痛快地露出后背，说："我是男子汉大丈夫，以后要去前线打仗的，这点小痛算什么！"

岳飞参军之后，他一直牢记背上的誓言，不敢有丝毫懈怠。那四个字既是母亲对他的期望，也是他一直以来的理想。

他怀着一颗爱国之心，带领"岳家军"战斗在抗金的前线，与金兵交战数次，大败金兵，立下了赫赫战功。

就连金兵的统帅也不禁感叹："撼山易，撼岳家军难！"

后来，岳飞被奸臣所害，以"**莫须有**"的罪名被送入监狱。行刑前，岳飞痛心疾首地写下"天日昭昭，天日昭昭"八个大字，以表明自己的冤屈。

虽然岳飞惨遭奸人陷害，最终含冤而终，但他的爱国主义精神却深深铭刻在世人的心里。

拓展阅读：
宋朝奸臣秦桧诬陷岳飞谋反，韩世忠为岳飞打抱不平，去质问他有没有证据，秦桧回答说"莫须有"，意思是"也许有吧"。后用来表示凭空捏造。

爆笑成语

妈妈，你在我的背上写个"精忠报国"吧。

这是啥啊？

开卷有益

成语小词典

出处 《渑水燕谈录·文儒》："太宗日阅《御览》三卷，因事有阙，暇日追补之，尝曰：'开卷有益，朕不以为劳也。'"

释义 开卷：打开书本，指读书。益：好处。只要读书就会有收获。

近义词 开卷有得

反义词 读书无用

成语造句

淘皮鼠从书中学到了许多知识，真是开卷有益啊。

成语故事

宋朝时期，宋太宗赵光义很喜欢阅读文史类的书籍。他召来文臣李昉（fǎng）等人，要求他们编写一部大型的百科全书。

李昉领命后，日日夜夜都在摘录古籍。不知不觉间，七年过去了。他们收集了足足一千六百多种古籍，终于在太平年间，编著成一部价值极高的《太平总类》。

这部书有五十五个门类，全书共有一千卷。宋太宗见到这部书以后很欣喜，还将书名改为《太平御览》。他给自己定下一个目标：一年之内看完整部书。

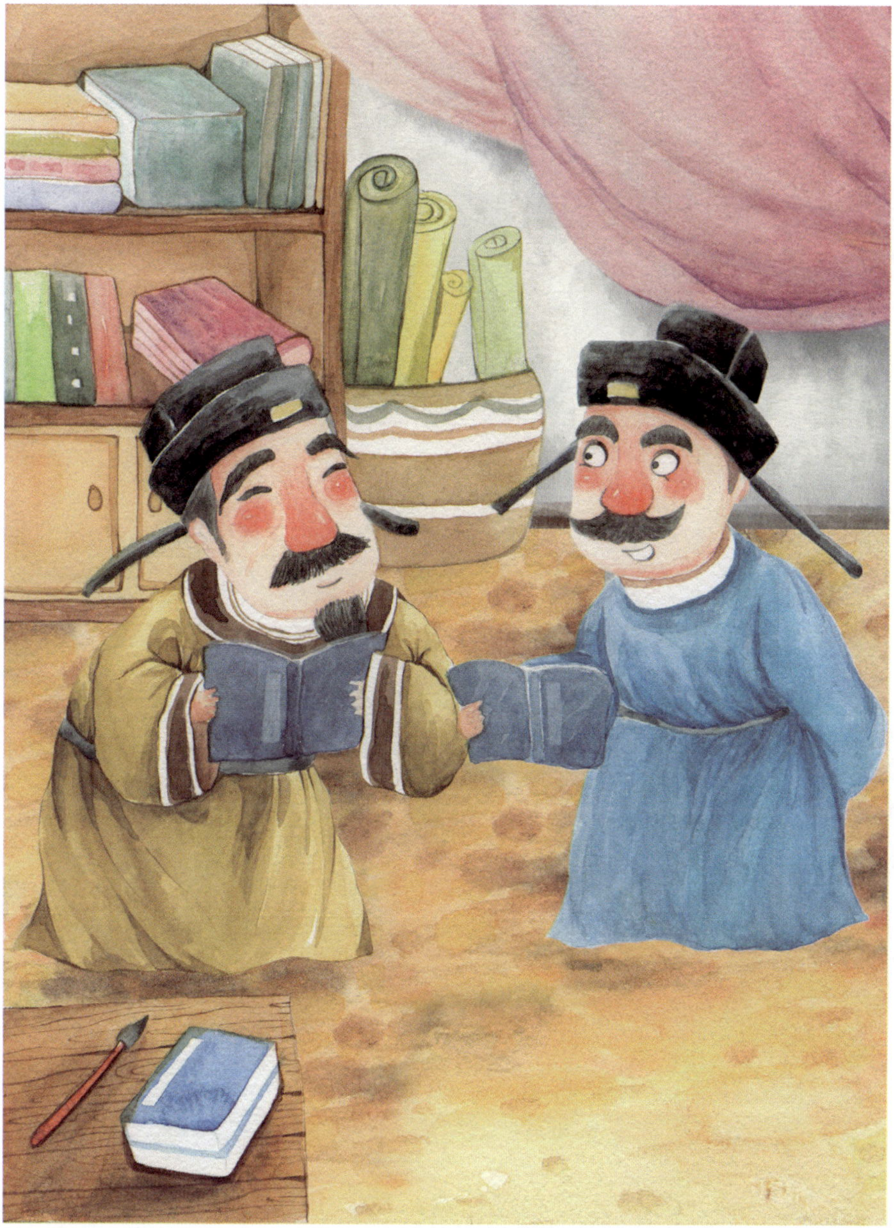

要想在一年内看完这本书，宋太宗每天至少要翻阅三卷内容。可他每天都有众多政事需要处理，遇到特别繁忙的日子，宋太宗根本就无暇阅读。不过等他一空闲下来，就一定会把之前没看的内容一次性补上。

宋太宗身边的侍臣们看见宋太宗每天既要处理朝政，还要看这么厚的一部书，实在是劳心伤神。他们担心宋太宗的身体状态会受到影响，纷纷劝说道："陛下，您多休息休息，少看些书吧。"

宋太宗却摇摇头，回答说："只要打开书本读书，总是有好处的。再说了，读书给我许多收获，我一点也不觉得劳累。"

后来，宋太宗终于阅读完一整部《太平御览》，他了解到很多以前不知道的知识，面对一些棘手的国家大事也能够更加从容地应对了。

大臣们都被宋太宗的勤奋好学所感染，也学宋太宗看起书来。就连从前不喜欢看书的宰相赵普，都沉浸在《论语》里，得到"半部《论语》治天下"的美誉。

拓展阅读：
《论语》是孔子及其弟子的语录结集，主要记录孔子及其弟子的言行，较为集中地体现了孔子的政治主张、伦理思想、道德观念及教育思想等。与《大学》《中庸》《孟子》并称"四书"，再加上《诗经》《尚书》《礼记》《周易》《春秋》，总称为"四书五经"。

漫画成语

克己奉公

成语小词典

出　处　《后汉书·祭遵传》："遵为人廉约小心，克己奉公，赏赐辄尽与士卒，家无私财。"

释　义　克己：约束自己。奉公：以公事为重。严格约束自己，一心奉行公事。

近义词　奉公守法、大公无私

反义词　假公济私、见利忘义

成语造句

青蛙呱呱镇长是一个克己奉公的好干部。

成语故事

东汉初年，有个叫祭（zhài）遵的人，从小就非常喜欢读书，懂得很多道理。

祭遵的家在颍（yǐng）川颍阳，刘秀带兵打到那里时，他便前去投靠。随后，他一路跟着刘秀的军队转战到河北，还当上了军中的执法官。任职期间，祭遵执法公正，从来不徇私情。

有一次，刘秀的一个侍从犯了杀头大罪，祭遵查明真相后，就依法将侍从处死了。刘秀得知此事后，十分愤怒，心想：祭遵竟敢处罚我身边的人，这也太目中无人了。

拓展阅读：
颍川是大禹的故乡，也是我国历史上第一个朝代——夏朝的首都所在地。在今河南省境内。

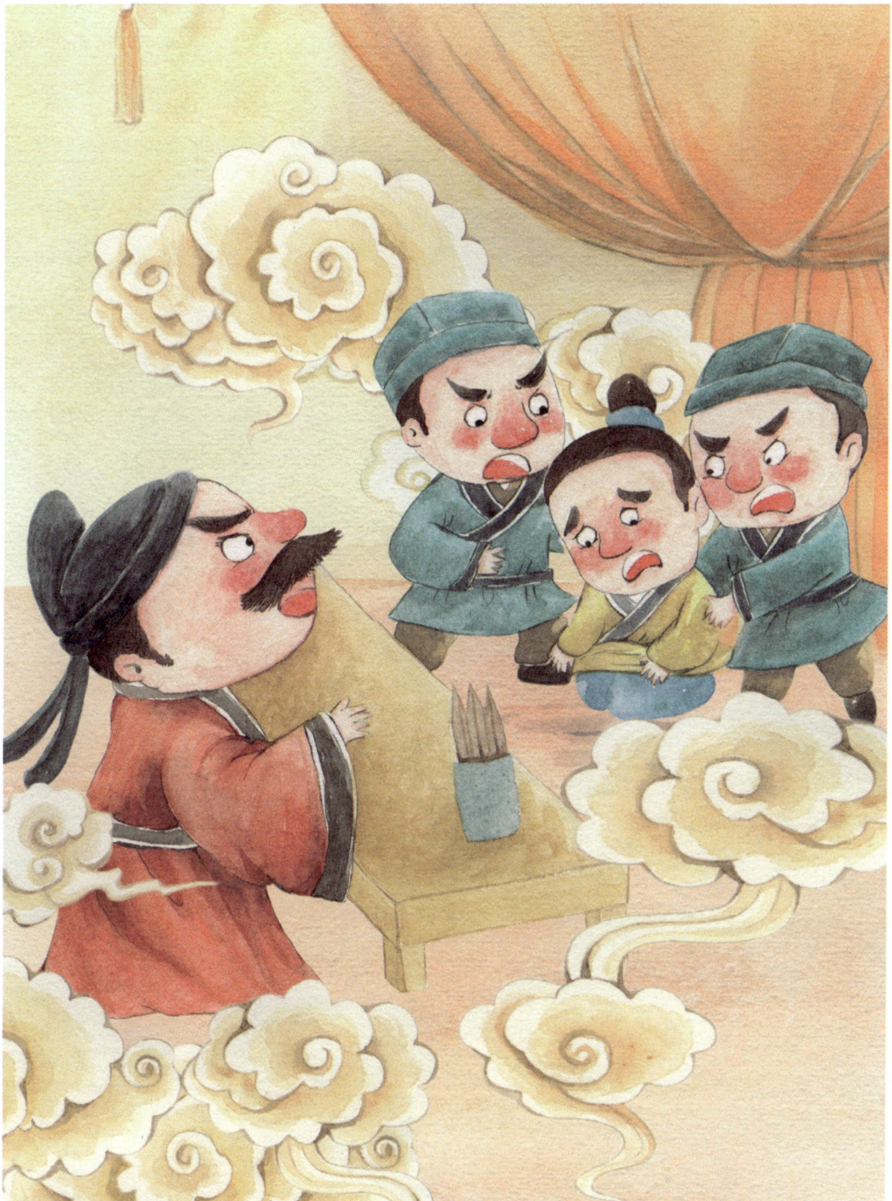

正当刘秀想治罪于祭遵时，有人向他劝说道："大王希望军令严明，如今祭遵秉公执法，不避亲疏，就是遵照您的命令行事啊！"

刘秀听了觉得有道理，于是，不但不再怪罪祭遵，还封他为颍阳侯。

祭遵为人廉洁，处事谨慎，能够约束自己的私欲，做到以公事为重。刘秀经常赏赐他各种物品，但他总是将这些东西分给手下的人。

他的生活很俭朴，家里没有多余的财产。在安排后事的时候，他对家人说："等我去世了，只要用牛车将我的尸体和棺木运到洛阳简单下葬就可以了。"

祭遵去世多年后，刘秀还时常向人夸赞他。

爆笑成语

淘皮鼠被选为班长。

班级大扫除日,淘皮鼠把工具都发给别人,自己坐在一边。

淘皮鼠,别人手上都有工具,你怎么没有?

老师,我是班干部,要克己奉公!

老当益壮

成语小词典

出　处　《后汉书·马援传》:"丈夫为志,穷当益坚,老当益壮。"

释　义　当:应当。益:更加。意为年纪虽老,志向却更为豪壮,干劲更足。

近义词　宝刀未老、老骥伏枥

反义词　未老先衰、老气横秋

成语造句

老龙咪咪老当益壮,每天都要练太极拳。

成语故事

马援是东汉时期的一位名将。

他曾经在北方经营畜牧业,有几千头牛羊,几万**石**(dàn)粮食。他乐善好施,常常接济贫穷的朋友。

马援对这样安逸的生活并不满足,他常常说:"大丈夫越穷困,志向就越要坚定;年纪越大,就越要不服老。"

后来,如马援所愿,他终于做了将军,屡立战功,一直到很老也还没有退意。

有人对他说:"你年纪那么大,是时候该养老啦。"

拓展阅读:
容量单位,10斗等于一石。

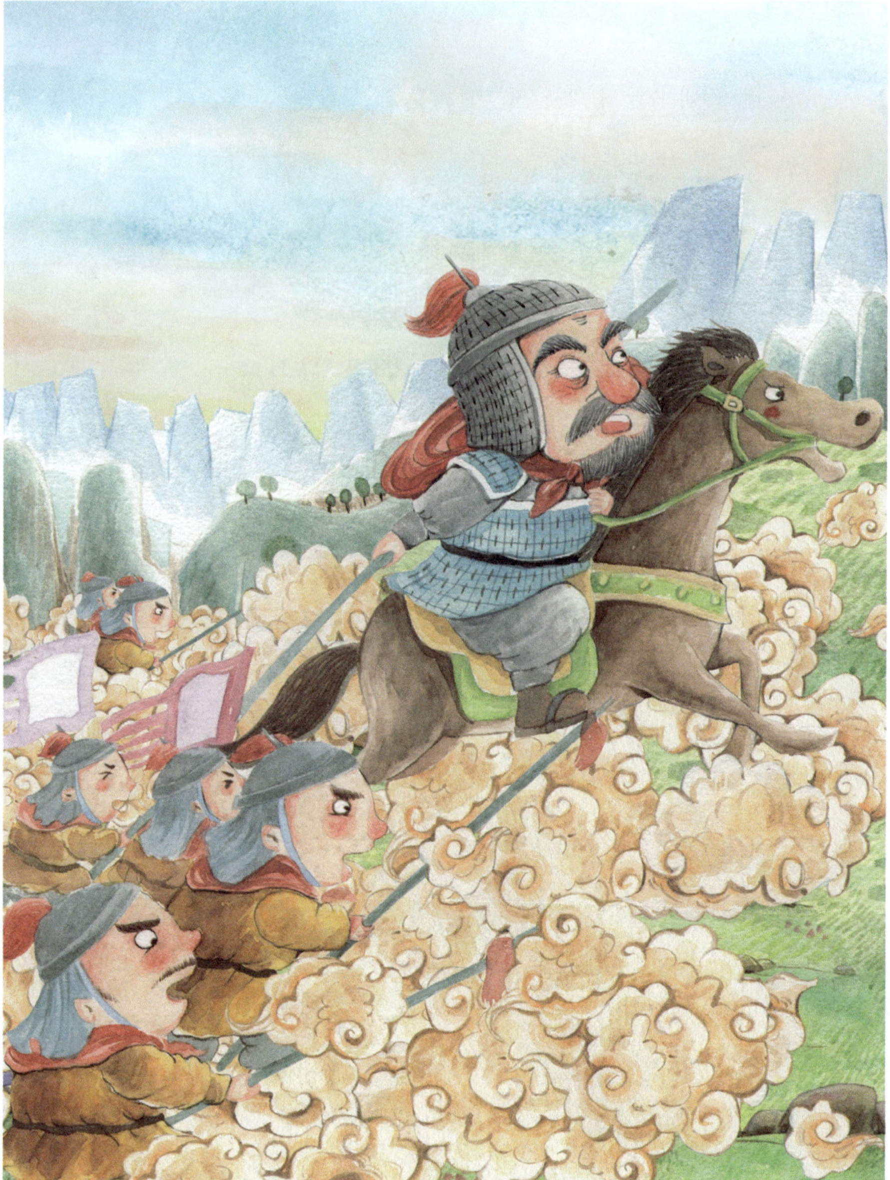

马援听后，坚定地回应道："这可不行！匈奴还在作乱，我怎么能安心养老？"

北方刚平定下来，南方又有部族侵犯。汉光武帝曾多次派兵应战，都打了败仗。

马援主动请缨，想要为君分忧。汉光武帝见马援胡子都白了，觉得马援可能会力不从心，便劝说道："将军已经六十二岁了，还是别去了吧。"

马援听了这话，很不服气，他可不觉得自己老呢。他立马在皇帝面前披上铠甲，骑上战马，威风凛凛地绕了一大圈。

"好精神的老人家！你一定还能带兵打仗。"汉光武帝赞叹道，应许了马援的请求。

爆笑成语

一年一度的跳跳镇喝汽水比赛开始了。

喝汽水比赛

我喝不下了。

好……撑啊。

喝汽水这事儿,我可是老当益壮!

老骥伏枥

成语小词典

出　处　《步出夏门行》诗："老骥伏枥，志在千里；烈士暮年，壮心不已。"

释　义　骥：良马。枥：马槽。老了的良马虽伏处于马房中，但仍有奔驰千里之志。比喻人虽年老，但仍有雄心壮志。

近义词　老当益壮

反义词　未老先衰

成语造句

虽然老龙咪咪的岁数已经很大了，但他还坚持研究跳跳镇历史，真是老骥伏枥，壮心不已啊！

成语故事

官渡之战中，曹操以少胜多，打败了袁绍率领的军队。此后，曹操的野心更加膨胀，军队士气十足。

曹操志在统一北方，这年七月，他统领军队出卢龙塞，日夜疾速前进，远征乌桓（huán），讨伐投奔到乌桓的袁绍之子袁尚和袁熙。

曹操的大军一到柳城，就杀死了乌桓王蹋顿。袁尚和袁熙从柳城落荒而逃，逃命到平州公孙康家。

曹操手下的大将得知此事后，纷纷劝说曹操乘胜追击，拿

> **拓展阅读：**
> 亦作乌丸，中国古代北方游牧民族之一。乌桓族原为东胡部落联盟中的一支。

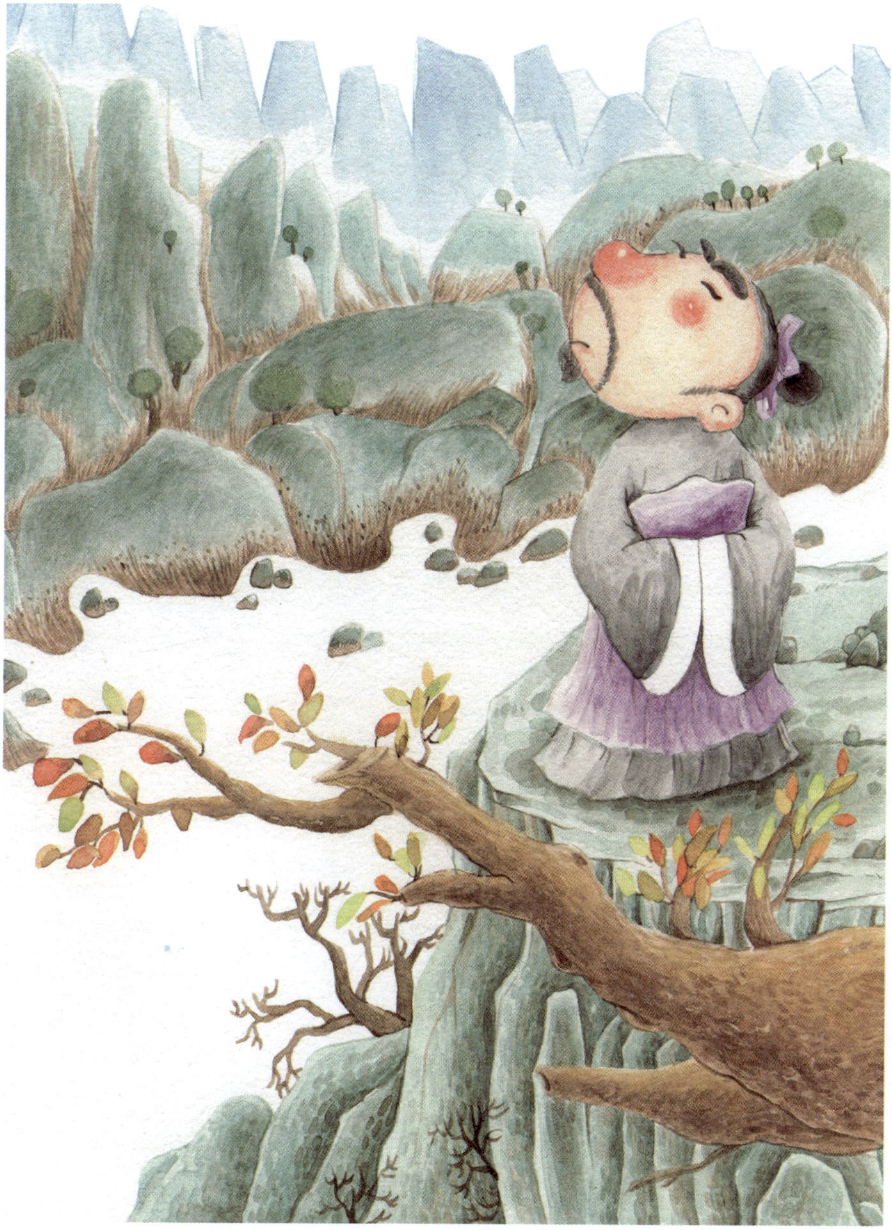

下平州，剿灭袁氏兄弟。

曹操摇摇头，说："公孙康与袁氏兄弟向来不和，这时如果我们这么着急进攻，他们必定联合起来抵抗。我们再等一段时间，他们肯定会自相残杀的。"说罢，他便下了收兵的指令。

果不其然，没过几天，公孙康就提着袁氏兄弟的头颅来到了曹营。就这样，曹操终于完成了北征乌桓，统一北方的大业。

中秋时节，曹军班师回朝。经过十几天的艰难跋涉，曹军才走出荒凉的柳城，到了河北昌黎。

这里，东临碣（jié）石，西邻沧海，曹操站在山巅处，远眺大海。正是夕阳西下的时候，眼前景色壮丽，曹操诗意大发，写下《观沧海》。

拓展阅读：
这首诗是曹操北征乌桓胜利班师途中登临碣石山所作，表达其渴望建功立业、统一中原的雄心壮志。

回到曹营中，曹操仍然心潮澎湃，他心想：北方虽已统一，但是南方的孙权和刘备仍旧雄踞一方。统一大业尚未实现啊！

想到这，他豪情再起，提笔写下"老骥伏枥，志在千里；烈士暮年，壮心不已"的名句，以表自己建功立业的决心。

爆笑成语

学习魔法，就是要像我这样，老骥伏枥，志在千里。

毛遂自荐

成语小词典

出处 《史记·平原君虞卿列传》:"门下有毛遂者,前,自赞于平原君曰:'遂闻君将合从于楚,约与食客门下二十人偕,不外索。合少一人,愿君即以遂备员而行矣。'"

释义 指自告奋勇,自己推荐自己去做某事。

近义词 自告奋勇、挺身而出

反义词 畏缩不前、自惭形秽

成语造句

班长竞选时,淘皮鼠毛遂自荐,做了一番精彩的演讲。

成语故事

拓展阅读:
即赵胜,"战国四公子"之一,赵武灵王之子,赵惠文王之弟。因贤能而闻名。封于东武(今山东诸城),号平原君。他礼贤下士,门下食客数千人。

春秋时期,秦军在长平大败赵军,随后包围了赵国的都城邯(hán)郸(dān),赵国的处境十分危急。

赵王派**平原君**到楚国搬救兵,平原君想带二十个文武双全的门客一起前往楚国。

他精心地挑了又挑,挑了十九个人,怎么也凑不满二十个人。平原君正愁着呢,一个叫毛遂的门客自我推荐:"算我一个吧!"

平原君仔细打量着毛遂,毛遂来自己门下都快三年了,他都快忘了有这么一个人。

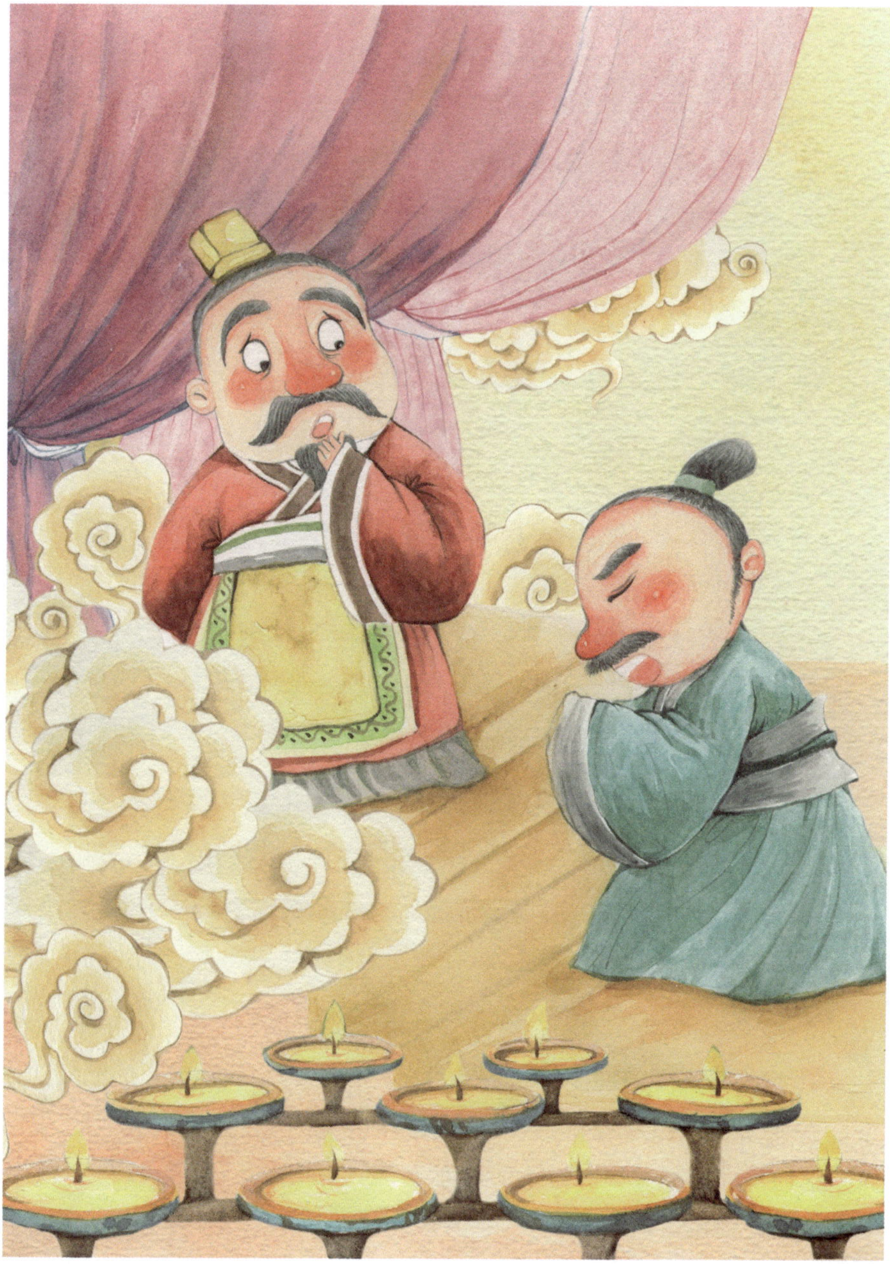

按理说，有才能的人在人群中会很显眼，这个毛遂三年连个眼熟都没混上，更别提显眼了。平原君不禁对毛遂的能力有所怀疑，但是当前形势紧迫，不容许他继续在选人的问题上花费太多时间，于是勉强同意带着毛遂一同前往楚国。

　　平原君一行到了楚国，可楚王很傲慢，只接见平原君一个人。二人在大殿上谈了一上午，还是没谈出什么结果。

　　平原君心里非常焦急。这时，毛遂手握剑柄，大步跨上大殿的台阶，径直走向了楚王。

　　"出兵的事，两句话就能说清楚，你们在这里说了一上午，怎么还没结果？"毛遂大声说道。

　　楚王大惊，呵斥道："此人是谁？如此无礼！"

　　平原君说："这人叫毛遂，是我的一个门客。"

　　"退下！我和你主人议事，哪有你说话的份儿！"楚王又道。

　　毛遂不退反进，他手握宝剑，走到楚王面前，镇定地说："大王您这样呵斥我，不就是欺负我们赵国人少吗？可现在十步之内，我就可以取大王的性命。"楚王吓得打了一个冷战。

　　毛遂接着说道："秦军是楚国和赵国的共同敌人，您帮助赵国，也是在帮助自己呀！别忘了，秦军的大将白起还侮辱过您的祖先呢，真羞耻！您怎么能咽得下这口气呢？"

　　"是、是，先生您说得对。"楚王被毛遂说得心服口服，立即签订了和赵国的盟约，答应出兵支援赵国。

　　赵楚两国合力使秦军撤兵，赵国终于解困了。

　　后来，平原君把毛遂待为上宾，其他的门客都对毛遂投以敬佩的眼光。

爆笑成语

孟母三迁

成语小词典

出　处　《列女传·邹孟轲母》："孟子生有淑质，幼被慈母三迁之教。"

释　义　迁：搬家。孟子的母亲为了培养孟子，使他有一个好的成长环境，曾搬了三次家。后用"孟母三迁"指父母对子女教育的重视。

近义词　三迁之教、择邻而居

成语造句

酷呆呆的妈妈效仿孟母三迁，只为给他创造一个良好的学习环境。

成语故事

拓展阅读：
孟轲的母亲仉（zhǎng）氏，战国时邹国人。她含辛茹苦地将孟子抚育成一代儒学大家，成为名垂千古的模范母亲。

孟子是战国时期有名的思想家。

小时候的孟子十分调皮，孟母为了让他能安心读书，付出了很多的心血。

一开始，孟子的家在墓地旁边。时间一长，孟子跟着邻居的小孩学会了很多祭拜的知识。他们不仅学会了大人们跪拜和号哭的样子，还学得有板有眼，甚至还玩起了办理丧事的游戏。

孟母看见这幅情景，皱起眉头，心想：不行，这个地方太不适合孩子居住了。

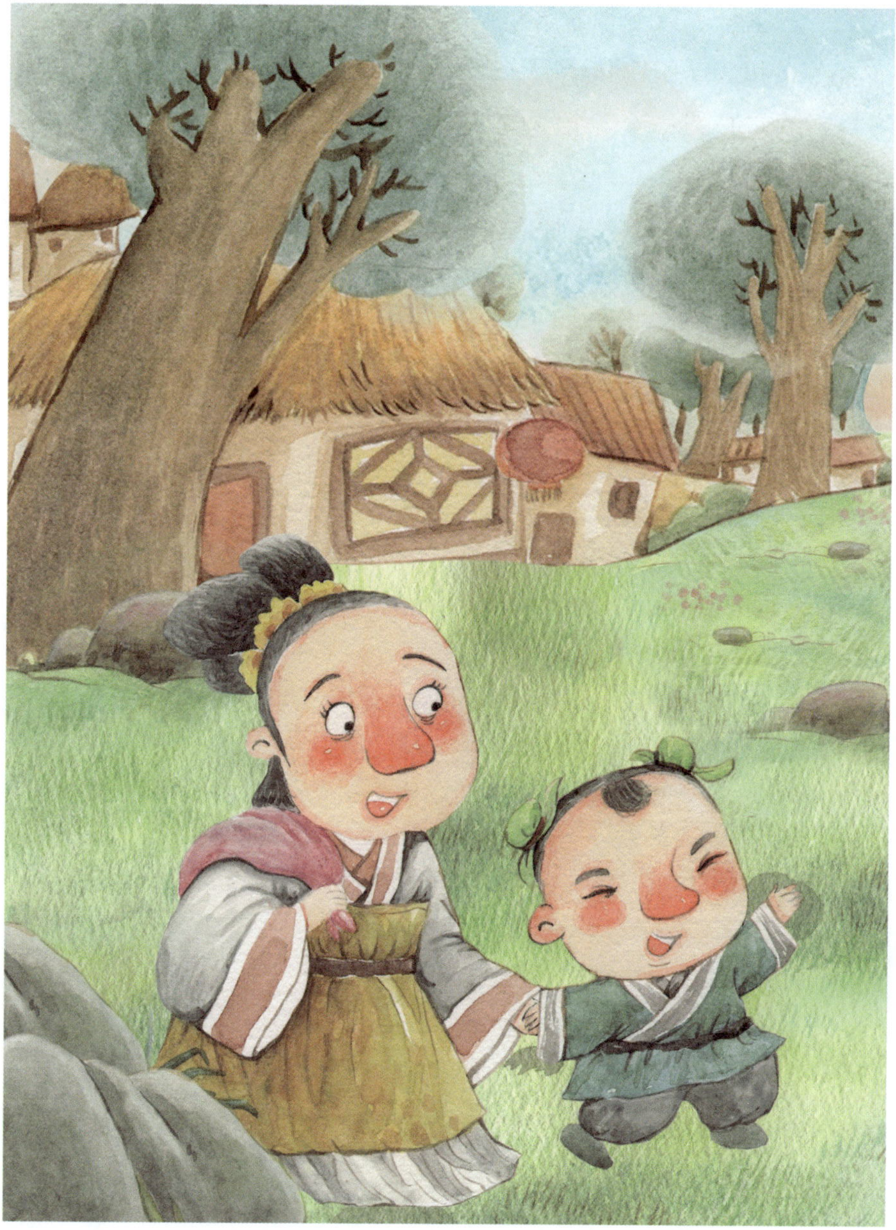

于是，孟母带着孟子搬家到了集市旁。但是，没多久，孟子又和邻居的小孩学会了如何做买卖。他们扮作商人，一会儿自吹自擂，一会儿招揽客人，一会儿又假装和客人讨价还价，玩得可开心了。

孟母知道后，摇摇头说："这个地方也不适合孩子住。"

他们继续搬家。这次，他们搬到学宫附近。在这儿，孟子学会了许多关于朝廷的礼节，如鞠躬、行礼及进退等，变得很有礼貌，而且还喜欢上了读书。

这下，孟母终于满意地点点头，欣慰地感叹道："这才是适合孩子居住的地方呀！"

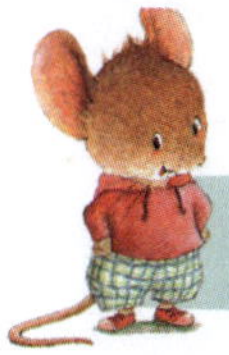

爆笑成语

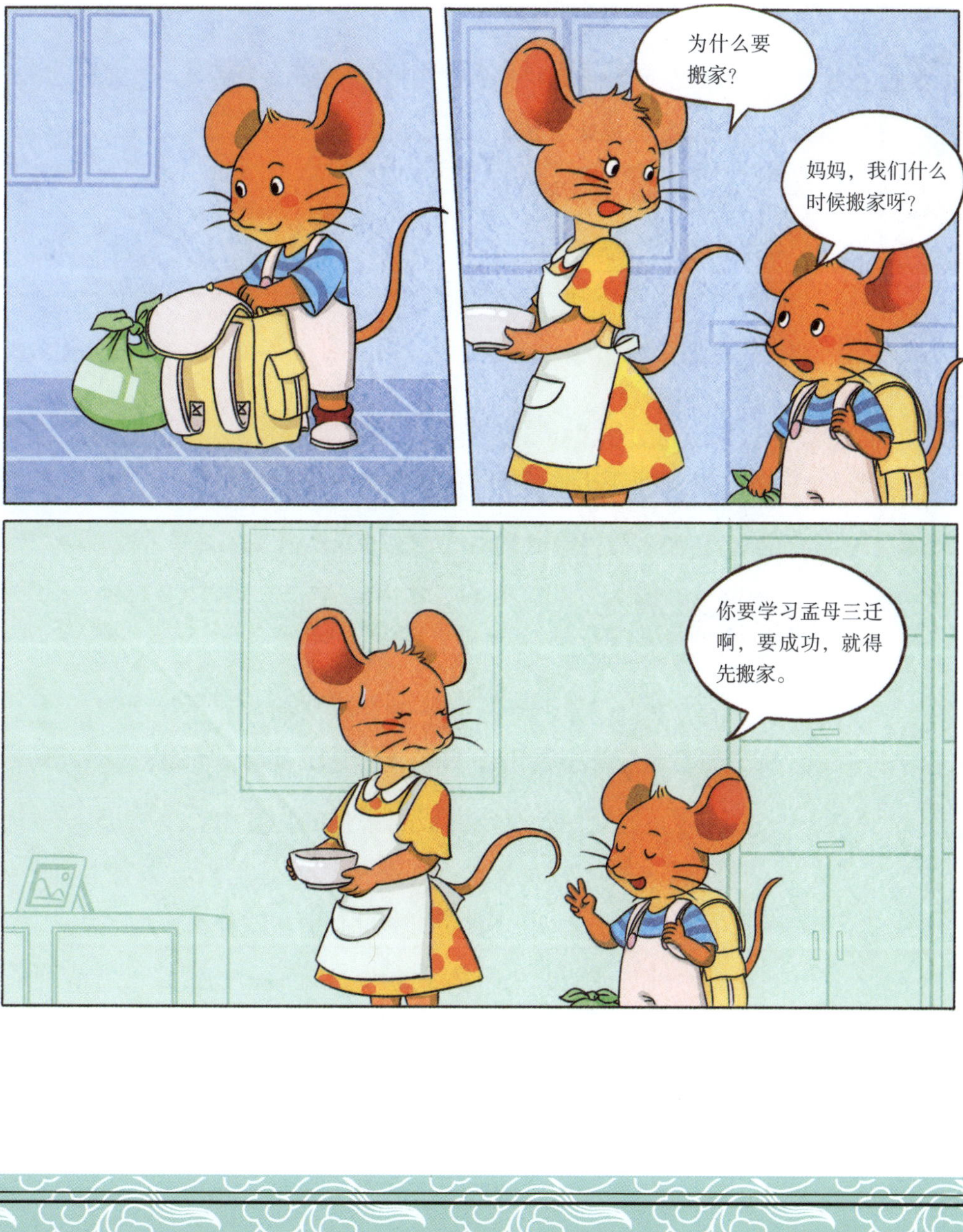

牛角挂书

成语小词典

出处 《新唐书·李密传》:"闻包恺在缑山,往从之。以蒲鞯乘牛,挂《汉书》一帙角上,行且读。"

释义 比喻读书勤奋,学习刻苦。

近义词 韦编三绝

反义词 一曝十寒

成语造句

小鸡布丁牛角挂书的读书精神,值得跳跳镇所有的小朋友学习。

成语故事

山坡上,溪水潺(chán)潺,绿草如茵。

隋朝大臣杨素在山坡上散着步,呼吸着田间的新鲜空气。

这时,远处的什么东西吸引了他的注意力。

只见一头老牛踱着步,缓缓地从远处走来。牛背上有一位白衣书生,他低着头,神情专注,似乎在看什么东西。

近点儿,再近点儿。等到老牛走近后,杨素终于看清楚了,牛角上竟挂着一卷《汉书》,书生边骑着牛,边看书。

杨素觉得惊奇,便问道:"哪来的书生这么勤奋?"

> 拓展阅读:
> 又称《前汉书》,是中国第一部纪传体断代史,"二十四史"之一。由东汉史学家班固编撰。

· 79 ·

拓展阅读：
出生辽东李氏，文武双全，志向远大，是隋末唐初的群雄之一。

那书生抬头看见杨素，愣了一下，认出杨素，随即下牛参拜。原来，书生名叫**李密**，是个没落贵族的后代。他平时很喜欢看书，惜时如金，就连赶路的时间也要看书，这才把书挂在了牛角上。

交谈之后，杨素大大夸赞了李密的勤奋，对李密的见解颇为欣赏。二人相谈甚欢，就像多年的老友。

杨素觉得李密以后一定前途无量，便鼓励他说："你这么好学，将来一定会有成就的。"

得到当朝重臣的鼓励，李密很感动，心里暗暗发誓，以后一定要更加努力读书。

天色不早了，杨素告别了李密，回到家中，对儿子杨玄感说："李密的见识和风度，不是你能比得上的，你该好好向人家学习。"

杨玄感便主动和李密结交，二人成了好朋友。

今天学了一个成语“牛角挂书”，我要学以致用。
等等我呀，让我挂一下书！
你那本是《辞海》，我的牛角可承受不了这么重的知识！
辞海
宝宝，你没学到这个成语的精髓啊！

呕心沥血

成语小词典

出处 《李贺小传》:"是儿要当呕出心乃已尔!"

释义 呕：吐。沥：滴。形容苦心思索，费尽心血。

近义词 殚精竭虑、煞费苦心

反义词 粗制滥造、敷衍塞责

成语造句

淘皮鼠呕心沥血，终于创作出了一本诗集。

成语故事

拓展阅读：
字长吉，有"诗鬼"之称，是与"诗圣"杜甫、"诗仙"李白、"诗佛"王维相齐名的唐代著名诗人。

李贺是唐朝著名的诗人。

相传，他七岁那年，有一天，韩愈、皇甫湜（shí）路过他家，决定考考李贺，让他即兴写一首诗。

李贺拿起毛笔，刷刷地在白纸上写下几行字，就像早就构思好了一样。两人吃了一惊，才知道眼前的孩子十分了不得，李贺也因此出了名。

后来，李贺一心希望能够得到朝廷的重用，发挥自己的才能，可惜，仕途一直不顺，这对他的打击很大。怀才不遇的他，只

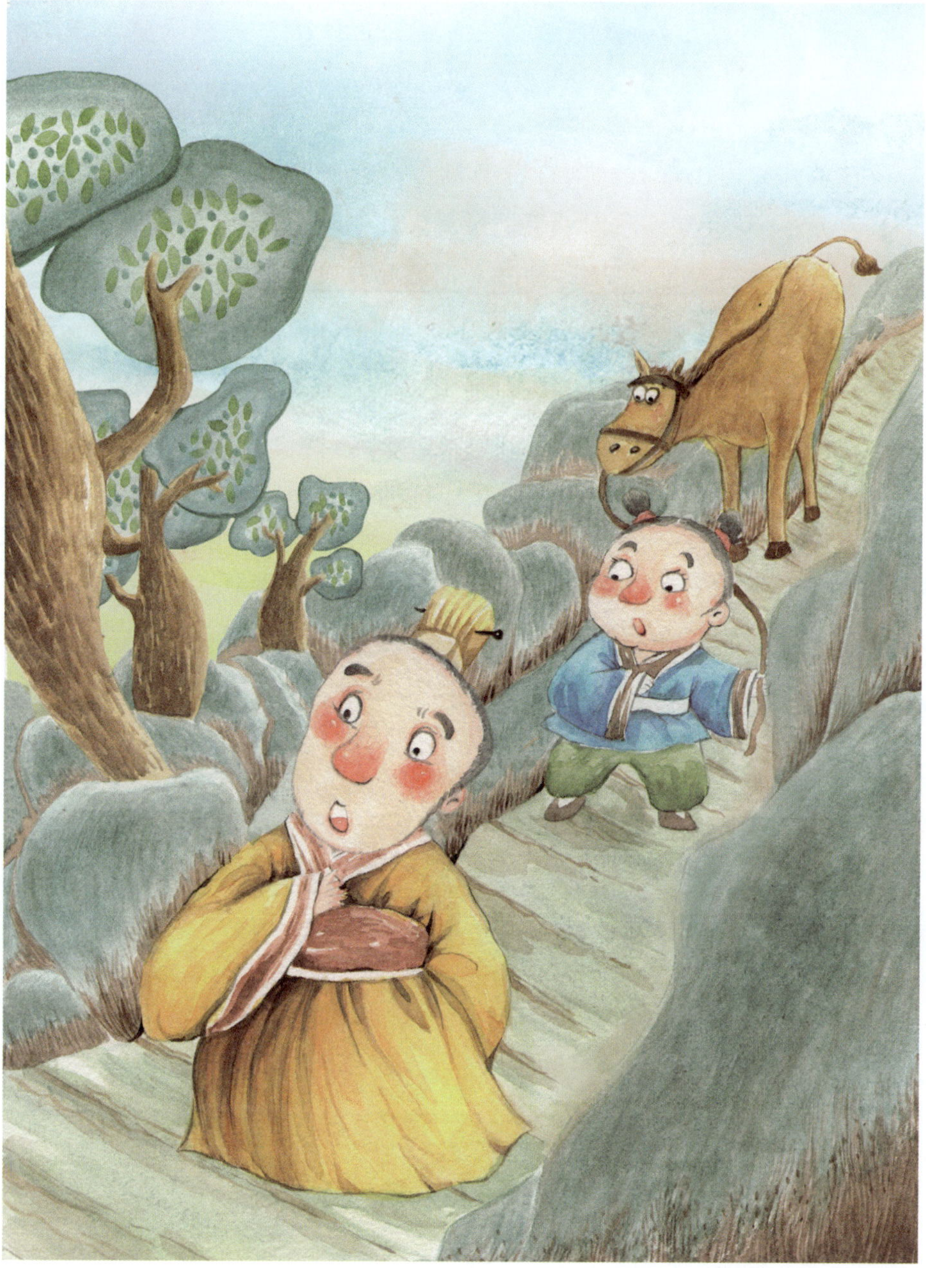

好把所有的精力倾注到诗歌的创作上。

李贺写诗，从来不会先定题目。

每天清晨，人们都会看到李贺骑着一头瘦弱的毛驴迎面而来，身边还跟着一个背着书囊布袋的小书童。每当他有了好的灵感，就会立即拿出纸笔记录下来，再把写好的诗句放到布袋里。

等李贺回到家里，他就会把那些草稿拿出来重新整理、提炼。他的母亲来看望他的时候，看见那么多的稿纸，不禁心疼地说："儿子啊，你把所有的精力都用在写诗上了，是不是要把自己的心肝呕出来才肯罢休啊！"

李贺的身体很差，而且常年郁郁不得志，年仅26岁便去世了。

但是，在这短短二十几年中，李贺一共创作出240多首诗歌。这些诗歌，每一篇都是他用全部的心血凝结而成的。用唐代文学家韩愈创作的两句诗来形容，就是"刳（kū）肝以为纸，沥血以书辞"。

爆笑成语

披荆斩棘

成语小词典

出　处　《后汉书·冯异传》:"异朝京师,引见,帝谓公卿曰:'是我起兵时主簿也,为吾披荆棘,定关中。'"

释　义　披:劈开。荆、棘:指丛生的带刺的草木。斩除丛生的荆棘。比喻扫除前进道路上的重重障碍,克服遇到的困难。

近义词　劈波斩浪

反义词　畏首畏尾

成语造句

淘皮鼠一路披荆斩棘,终于获得了演讲比赛的第一名。

成语故事

东汉时期,有一位著名的大将军,名叫冯异。

那时,东汉刚刚建立,刘秀手上的兵马不足,生活条件十分艰辛。许多人无法忍受,都不愿继续跟随刘秀。但是,冯异却始终对刘秀忠心耿耿,从来没有产生过背离之心。

在一个寒冬里,寒风携着大片的雪花纷纷扬扬落下,刘秀率领着军队南下。当他们到达河北饶阳的芜(wú)蒌(lóu)亭时,已经是深夜了。

将士们经过长途跋涉,此时都饥寒交迫,没办法再坚持走

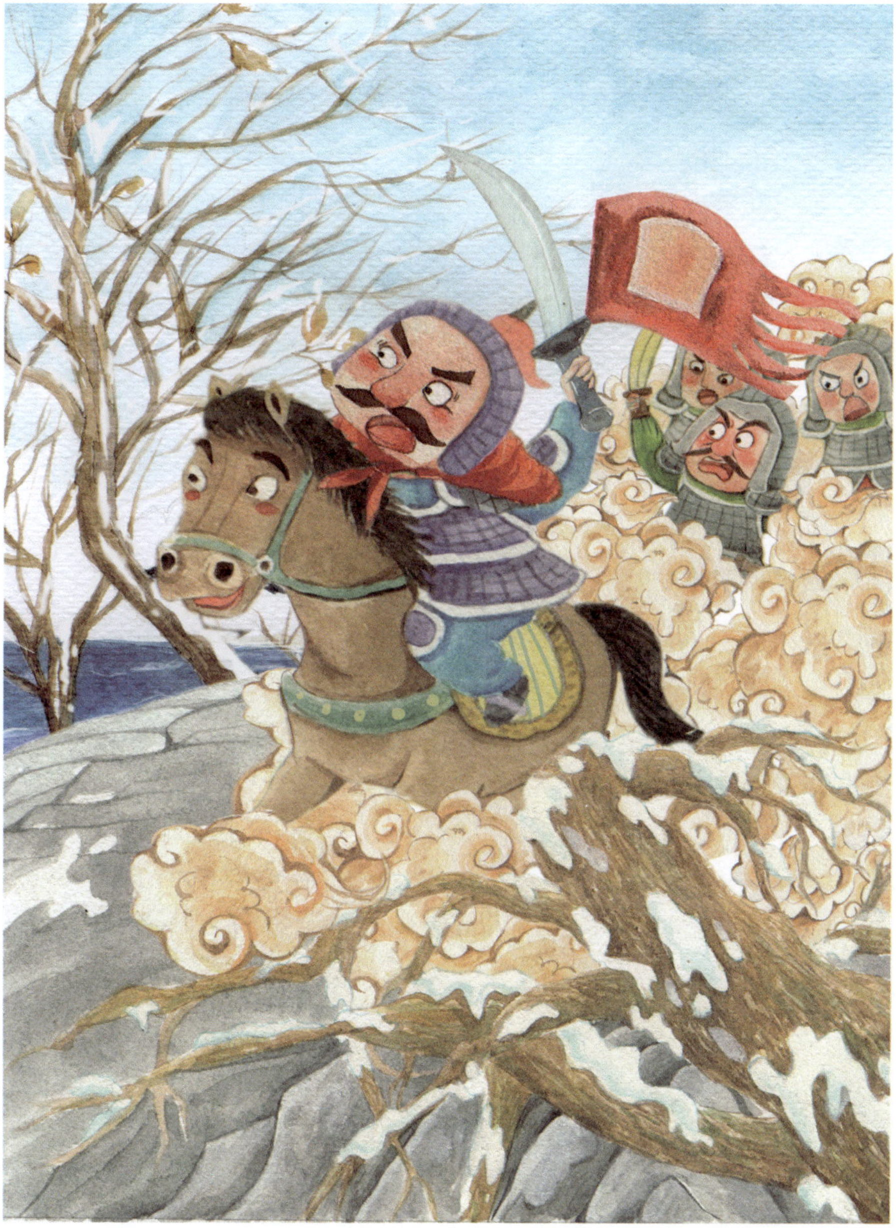

下去。冯异见状，急忙想办法找了一些豆子，煮了一大锅豆粥分发给将士。热腾腾的豆粥顿时替将士们驱走了饥寒。

没过多久，军队来到了南宫县。天公不作美，恰逢暴风骤雨从天而降。众将士淋了一身雨水，全都缩着身子直打战。又是冯异生火煮麦饭，让大家填饱了肚子。

冯异这些举止，刘秀都看在眼里，心中自然十分感激。

建武二年，刘秀命冯异平定关中。冯异完成任务后，在关中树立了很高的威信，还收拢了许多投顺者。

朝中一些小人很是眼红，就在刘秀耳边述说谗言，说冯异有谋反之心，劝刘秀小心提防。

但光武帝刘秀对冯异很信任，丝毫没有听信这些谗言。他还把那些弹劾的奏章传给冯异看，让冯异不用担心这些事。

过了几年，冯异到京城朝见光武帝。光武帝当着满朝文武的面说道："这位就是我起兵时的**主簿**，他曾经在我开创大业的道路上为我披荆斩棘，扫除重重障碍，还帮我平定了关中，是我东汉的大功臣啊！"

拓展阅读：
主簿是古代官名，是各级主官属下掌管文书的佐吏。

爆笑成语

破釜沉舟

成语小词典

出处 《史记·项羽本纪》:"项羽乃悉引兵渡河,皆沉船,破釜甑,烧庐舍,持三日粮,以示士卒必死,无一还心。"

释义 釜:古时候煮饭用的大锅。把锅都打破,船都弄沉。比喻不留退路,下定决心一拼到底。

近义词 义无反顾、孤注一掷

反义词 犹豫不决、优柔寡断

成语造句

只要我们有破釜沉舟的决心,就能克服人生中的各种困难。

成语故事

秦国的四十万人马来势汹汹,把赵国的巨鹿团团包围。赵军打不过秦军,赵王只好向楚怀王紧急求救。

于是,楚怀王任命宋义为上将,项羽为次将,二人率领二十万大军前去支援赵国。

宋义是个胆小鬼。到达安阳后,宋义听说秦军凶悍异常,便心生胆怯,在安阳滞留了一个多月还不行军。此时,军中已无多少存粮,士兵们饿得面黄肌瘦,每天只以野菜和豆子充饥,士气十分低落。

拓展阅读:

巨鹿之战:秦末大起义中,项羽率领楚军(后期各诸侯义军也参战),同秦名将章邯、王离所率的秦军主力在巨鹿(今河北平乡)进行的一场重大决战性战役,也是中国历史上著名的以少胜多的战役之一。"破釜沉舟"这个成语就是产生于这场大战。

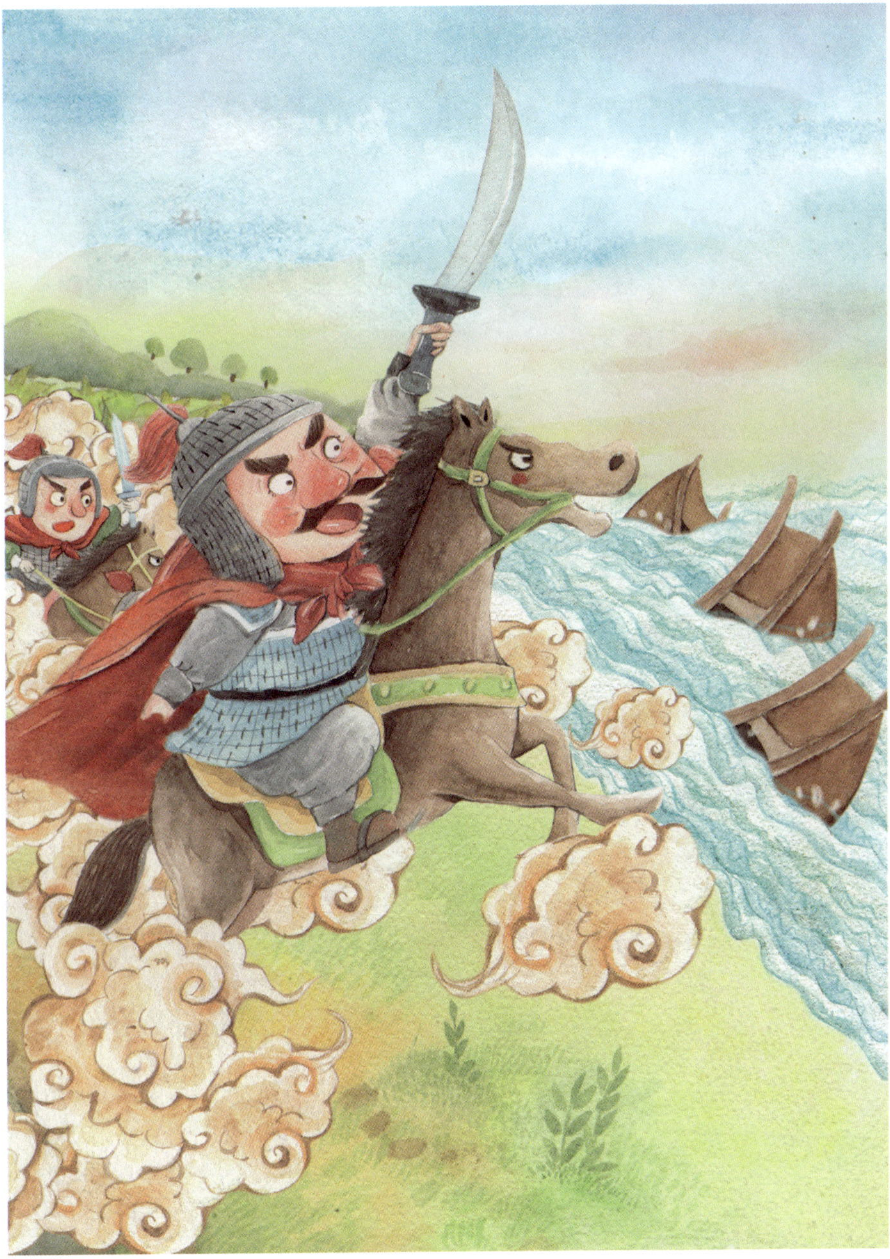

而宋义却每天大吃大喝，全然不顾军中士兵的死活。项羽看不下去了，便一剑砍下了他的脑袋。

将士们听说项羽杀了宋义，顿时士气高涨，大家都表示愿意服从他的指挥，并拥立他代理上将军一职。

项羽派出一支小分队，出其不意地切断了秦军的粮食补给。之后，项羽亲自率领主力军渡过**漳河**，一场大战就在眼前。

> **拓展阅读：**
> 中国华北地区海河流域漳卫南运河水系支流。

项羽的军队渡河之后，他先是让士兵们美餐了一顿，填饱肚子，带足三天的干粮。接着，他传下军令：把做饭的锅全都砸碎，把渡河的船全都凿沉，把营帐全都烧毁。以此表示他决心死战，没有一点后退的打算。将士们誓死跟随项羽，丝毫没有退缩。

在项羽的指挥下，楚军战士浴血奋战，经过九次冲锋后，秦军大败。

这一仗让项羽出了名。他当上了真正的大将军，统帅着许多支军队。

爆笑成语

好苦恼啊,马上就要考试了,可我还没准备好呢。

别怕,我们要有破釜沉舟的决心!

你说得对!我不能给自己留退路!

啊啊啊啊啊啊!

忍辱负重

成语小词典

出 处 《三国志·吴书·陆逊传》:"国家所以屈诸君使相承望者,以仆有尺寸可称,能忍辱负重故也。"

释 义 负重:担负重任。忍受着暂时的屈辱,以完成肩负的重大任务。

近义词 含垢忍辱

反义词 忍无可忍

成语造句

为了得到重要的情报,他只身一人,忍辱负重来到敌方军营。

成语故事

三国时,吴国名将陆逊为人豁达大度,擅长使用谋略,是个不可多得的人才。

当时,正值刘备即位,率领蜀军进攻吴国,欲报关羽荆州兵败被杀之仇。随即,孙权任命陆逊为**大都督**,前去迎敌。

刘备心急火燎地出兵,还没几个月,就攻占了吴国方圆五百多里土地。蜀军翻山越岭,一路进军,布下天罗地网,在密林里扎了几十个大营,在大营外竖起木栅栏,等待吴国军队前来进攻。

拓展阅读:
具体指统帅诸军的大将。

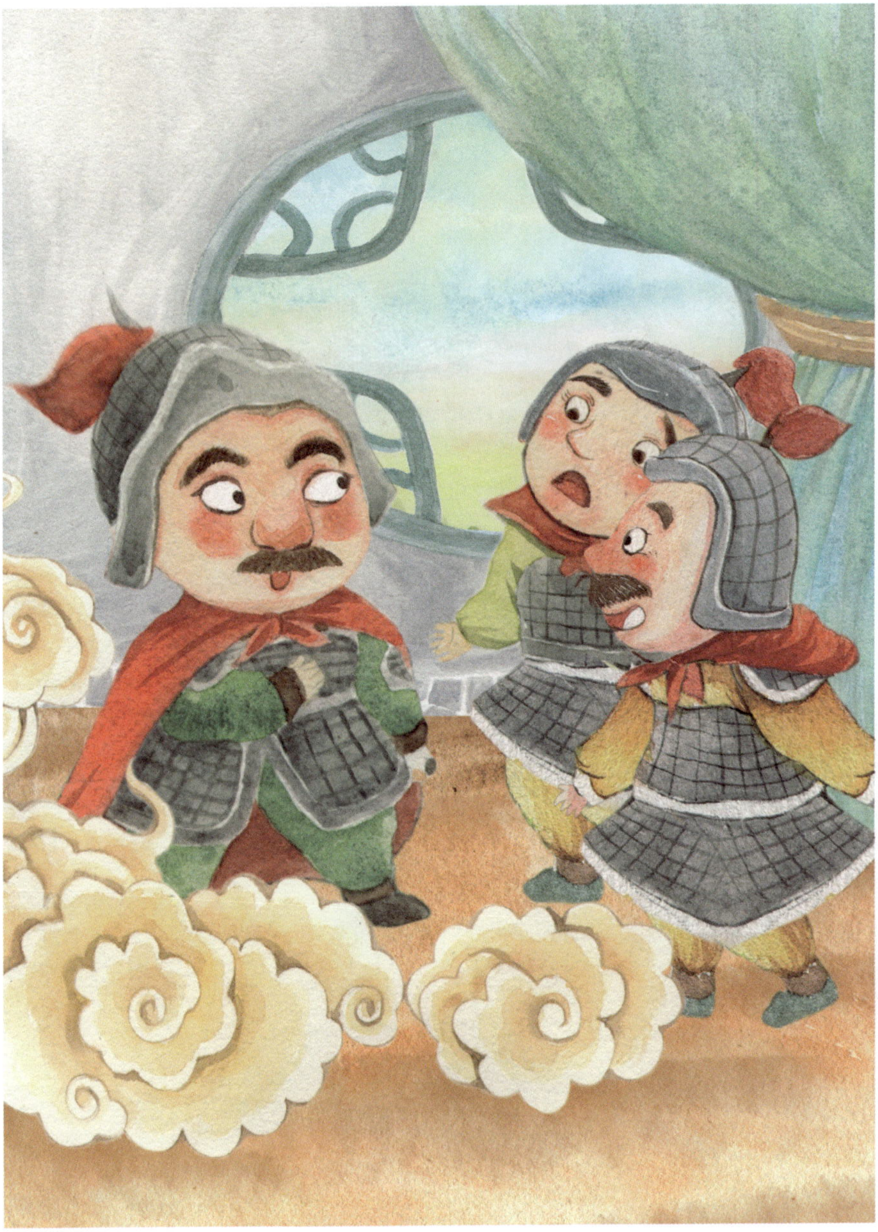

吴国的将士们一个个摩拳擦掌，但是陆逊却迟迟不肯发兵，将士们认定了陆逊是胆小不敢上战场，心中非常不满。

其实，陆逊不发兵是因为他深知树林宜火攻，等到三伏天再出兵更有胜算。

面对误解，陆逊召集众将士，手持宝剑解释道："刘备这么出名，刚来时士气还很旺盛，我们是没办法轻易取胜的。虽然我只是一介书生，但既然奉了主公的命令，就一定不能辜负他的期望。现在，请你们务必听从我的命令，忍辱负重，遵守军令，不得违抗。请大家一定要记住！"

将士们被陆逊的一席话镇住了，从此再也不敢不听从他的命令。

转眼半年过去了，六月酷暑，刘备的蜀军等得十分疲劳，渐渐松懈。

一天夜里，陆逊带着将士们，人手一束茅草和火种，埋伏在密林里。到了三更，四员大将率领几万兵士，靠近蜀营，点燃茅草火把，在蜀营的木栅栏边放火。

晚上，风使劲地刮着，蜀营迅速燃烧起来。当刘备发现时，已经无力回天。后来，刘备逃到 **白帝城**，不久便病死了。

拓展阅读：
　　位于重庆境内，如今是著名的游览胜地。历代诗人李白、白居易等在此留下大量诗篇，因此白帝城又有"诗城"之美誉。

爆笑成语

酷呆呆玩了一天，回到家里躺在沙发上睡着了。

真累，也不知道主人什么时候减肥。

我也很辛苦，今天主人竟然还去挖泥巴玩，真脏。

他也就偶尔去玩泥巴，想想我们每天都忍辱负重的，你们就知足吧。

入木三分

成语小词典

出　处　《书断·王羲之》："晋帝时祭北郊，更祝版，工人削之，笔入木三分。"

释　义　本形容书法笔力遒劲。后也形容见解精辟，分析深刻。

近义词　力透纸背、鞭辟入里

反义词　不着边际、略见一斑

成语造句

老龙咪咪的这幅书法作品写得特别好，入木三分。

成语故事

在我国历史上，有位著名的书法家，那便是东晋时期的王羲（xī）之。

王羲之的书法广采众长，摆脱了汉魏笔风，自成一家。他的代表作《兰亭集序》，被世人誉为"天下第一行书"。许多学习书法的人都喜欢临摹他的字。

王羲之的字写得如此好，除了有天赋过人的原因，更离不开他刻苦的练习。

有一次，皇帝带着一队人马，浩浩荡荡地到北郊去祭祀。

拓展阅读：

晋穆帝永和九年（353年）农历三月初三，王羲之在会稽山阴的兰亭与名流高士谢安、孙绰等人举行风雅集会。与会者轮流赋诗，各抒怀抱，抄录成集，大家公推此次聚会的召集人、德高望重的王羲之写一序文，记录这次雅集，即《兰亭集序》。

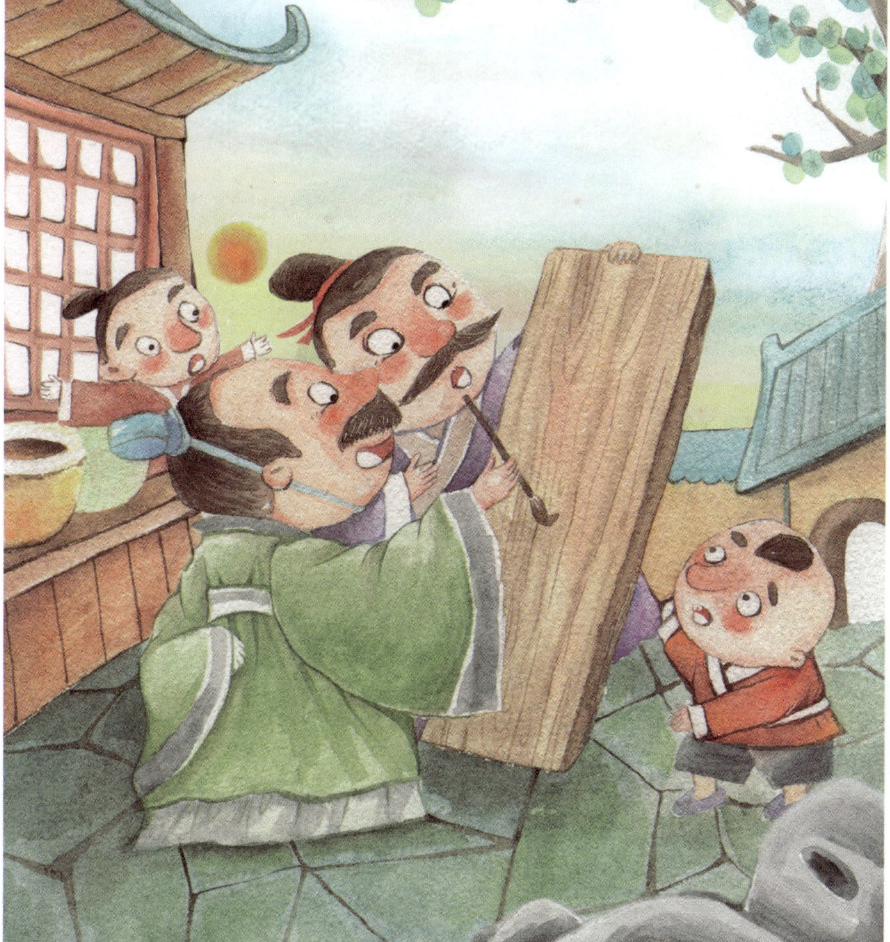

他让王羲之将祝词写在一块木板上，再把木板交给工人雕刻。

负责雕刻的工人们一边雕刻，一边欣赏木板上的字。木头一点点削去，工人们惊讶地发现，他们在木板上刻了那么久，竟然还能看见字上的墨迹。

原来，王羲之的笔力过人，墨水竟然渗入了木头里层！周围的人们不由得感叹道："**右将军**写的字，真是入木三分啊。"

这件事情很快就传了出去，后人根据这个故事，引申出了"入木三分"这个成语。

> **拓展阅读：**
> 　　中国古代将军名号，三品官，汉末以后逐渐废弃。三国时期的张飞曾经担任此职。

爆笑成语

嬉皮猴，你的桌子怎么变成这样了？

我写的字入木三分！

还真是三分！

势如破竹

成语小词典

出　处　《晋书·杜预传》:"今兵威已振,譬如破竹,数节之后,皆迎刃而解。"

释　义　形势如同劈竹子一样,劈开头上几节,下面各节就顺着刀口裂开了。后用"势如破竹"形容节节胜利,气势不可阻挡。

近义词　势不可挡、所向披靡

反义词　节节败退、望风披靡

成语造句

在短跑比赛中,嬉皮猴一路势如破竹,第一个冲向终点,赢得了冠军。

成语故事

三国末年,晋武帝司马炎准备攻打东吴,尽快完成统一大业。这天,他召集了文武大臣们共商大计。大臣们对于攻打吴国提出了自己的看法,纷纷表示要从长计议。他们认为吴国还存有余力,这时候想要消灭它并不容易。

但是,大将杜预并不同意他们的看法。于是,他写了一道奏章给司马炎。他在奏章里说,必须趁着现在吴国衰弱时灭掉它,否则等它有了实力后,就很难打败了。

司马炎看后,找来自己最信任的大臣张华征求意见。张华

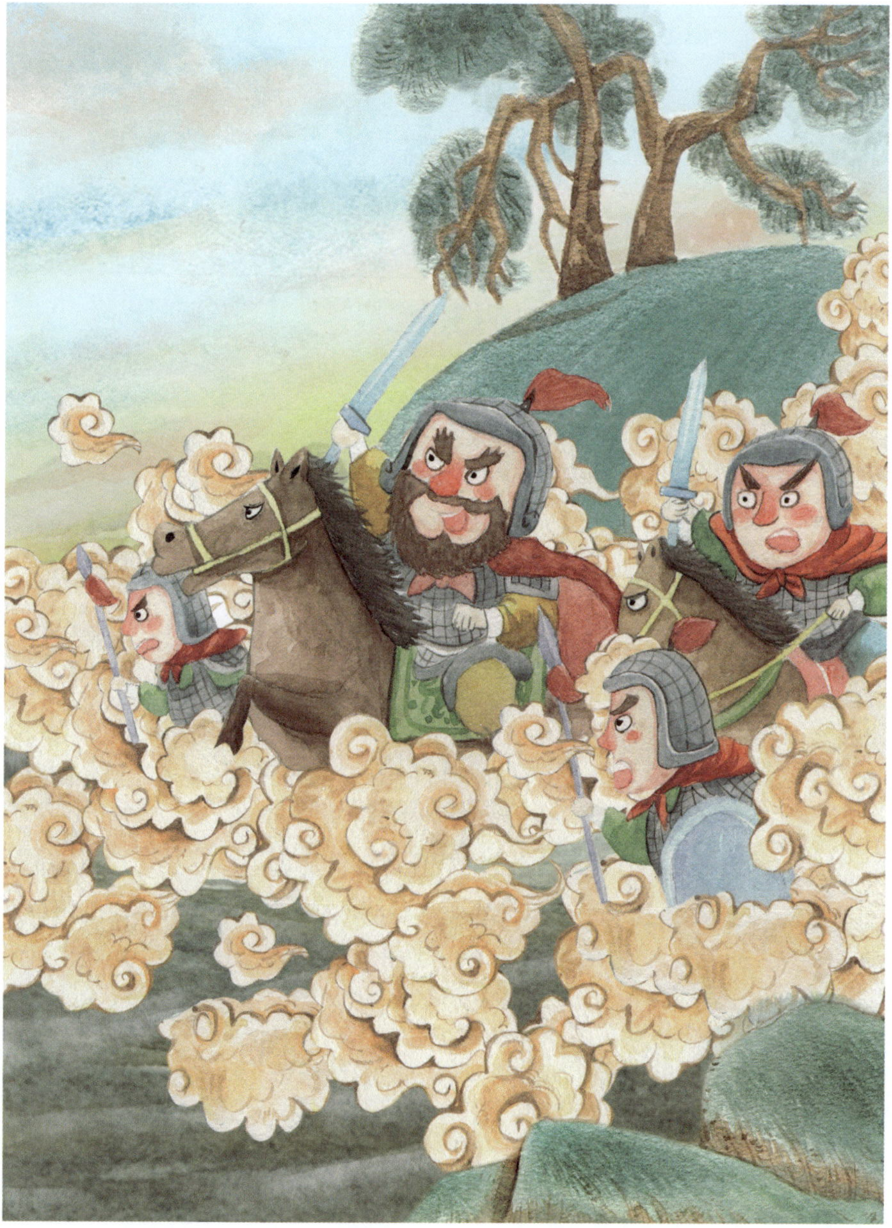

对于杜预的分析很是赞同，也劝说道："我们的确应该这时候攻打吴国，以免留下后患。"

没多久，司马炎任命杜预为征南大将军，调动了二十多万兵马，分成六路，水陆并进，攻打吴国。

一路上，军队战鼓齐鸣，战旗飘扬，战士威武。第二年，晋军就攻占了江陵，斩杀吴国一员大将。司马炎率领军队乘胜追击，吴军听到风声后，被吓破了胆，只好打开城门投降。

司马炎下令让杜预从小路向建业进发。这时，有人担心长江的水势会暴涨，不如先收兵等到冬天再进攻。

杜预一听，坚决反对："现在趁着士气高涨，斗志旺盛，取得了连续的胜利，就像用快刀劈竹子，劈了几节后竹子就能迎刃破裂，一举歼灭吴国不需要费多大的力气。"

在杜预的率领下，晋朝大军不久就攻占建业，灭掉吴国。晋武帝司马炎终于完成了统一全国的大业。

拓展阅读：
建业是南京在东吴时期的名称，是三国时期东吴的都城，当时中国南方的经济、文化、政治、军事中心。

爆笑成语

运动会上,酷呆呆跑1000米时,跑在最后。

你跑得太慢了。

如果刚刚跑步时你也能像现在这样势如破竹,我这冠军就是你的了。

冲啊!去吃甜品咯!

手不释卷

成语小词典

出处 《三国志·吴书·吕蒙传》："光武当兵马之务，手不释卷。"

释义 释：放下。卷：书籍。意指书本不离手。形容读书勤奋。

近义词 好学不倦、孜孜不倦

反义词 不学无术、胸无点墨

成语造句

小鸡布丁特别喜欢研究魔法书，一天到晚手不释卷。

成语故事

> 拓展阅读：
> 又称白衣渡江，即江陵之战，是三国史上最成功最经典的奇袭战之一。这是由吕蒙和孙权策划，吕蒙与陆逊共同实施的针对当时最负盛名的大将关羽的一次大战。

三国时期，吴国有一名大将名叫吕蒙。

一次，吕蒙率领三万士兵**袭击荆州**。他将八十余只战船改装为商船，让士兵们全都卸掉甲胄(zhòu)，换上平民百姓的衣服，埋伏在船舱里。

夜里，船只行驶到江边，假意靠岸避风。

吴军的伪装成功骗过荆州的守军。当晚，船只上的吴军突发袭击，打了对方一个措手不及，轻松夺下荆州。

吕蒙立下这样一个大战功，官职也越来越大。但他年少时

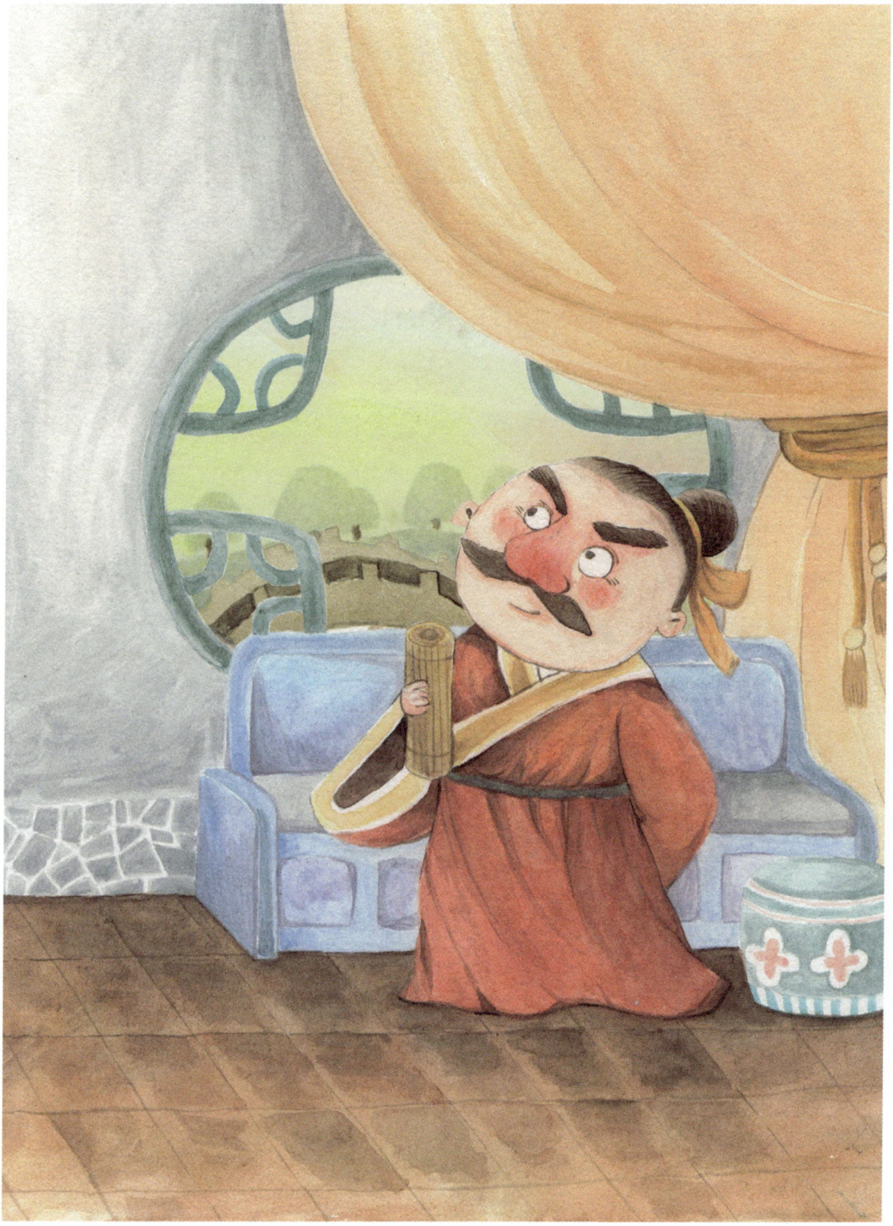

就参军打仗，没有读过书，学识不多，就连字也不认得几个。

吕蒙每次向孙权汇报军情战况都只能口头讲述，不能写信传达。对当时的情况而言，这是十分不利的。

有一次，吕蒙被派去镇守一个重地，孙权劝说道："你现在还很年轻，又身居要职，应该多读点史书和兵书，研究一些兵法，将来行军打仗的战术才会更加高明。"

吕蒙不爱读书，他听完孙权的话，推脱道："唉，军中事务繁忙，我哪抽得出时间来读书呢？"

孙权眉头一皱，批评道："我管着国家大事，照样能抽空读书，难道你比我还要忙吗？时间呢，挤挤总能有的。从前，汉光武帝行军作战时，书本还从来不离手呢。我并不要求你研究多么高深的学问，只是要你读一些《孙子》《史记》这样的兵书和史书，从中受益一些罢了。"

孙权的批评起到了作用，吕蒙听后十分惭愧，开始奋发学习。他抓紧军中闲暇的每分每秒，读遍了各种兵书和史书。

几年过后，吕蒙积累了许多知识，思想深刻了不少，不仅英勇善战，还很有谋略。最后，他成了吴国的一代名将，广受后人敬仰。

爆笑成语

小鸡布丁每天都手不释卷地看魔法书。

你瞧小鸡布丁多认真啊！快学学他手不释卷的精神。

嘿，淘皮鼠你来得正好，帮忙搅搅锅里的万能魔法胶。

耶，这下我的魔法书再也不会离手啦！

铁杆成针

成语小词典

出　处　《方舆胜览》:"过是溪,逢老媪方磨铁杵,问之,曰:'欲作针。'"

释　义　比喻只要有决心,肯下功夫,多么难的事情都能够成功。

近义词　持之以恒、滴水穿石

反义词　半途而废、浅尝辄止

成语造句

　　酷呆呆相信铁杆成针,只要坚持锻炼,自己一定能减肥成功!

成语故事

　　李白是唐代著名的大诗人。

　　不过,小时候的李白却是个贪玩的孩子。刚进学堂读了几天书,他就觉得课本里的知识十分无聊,动不动把课本丢到脑后,一溜烟儿跑出去玩耍了。

　　这天下午,李白在学堂上课的时候直打盹儿。他趁教书的夫子不注意,便悄悄溜出了学堂,跑到大街上闲逛。

　　微风轻轻吹拂在他的脸上,李白的心情舒畅不已。他在路上没头没脑地转悠着,不知不觉走到了城外的小溪边。一位年

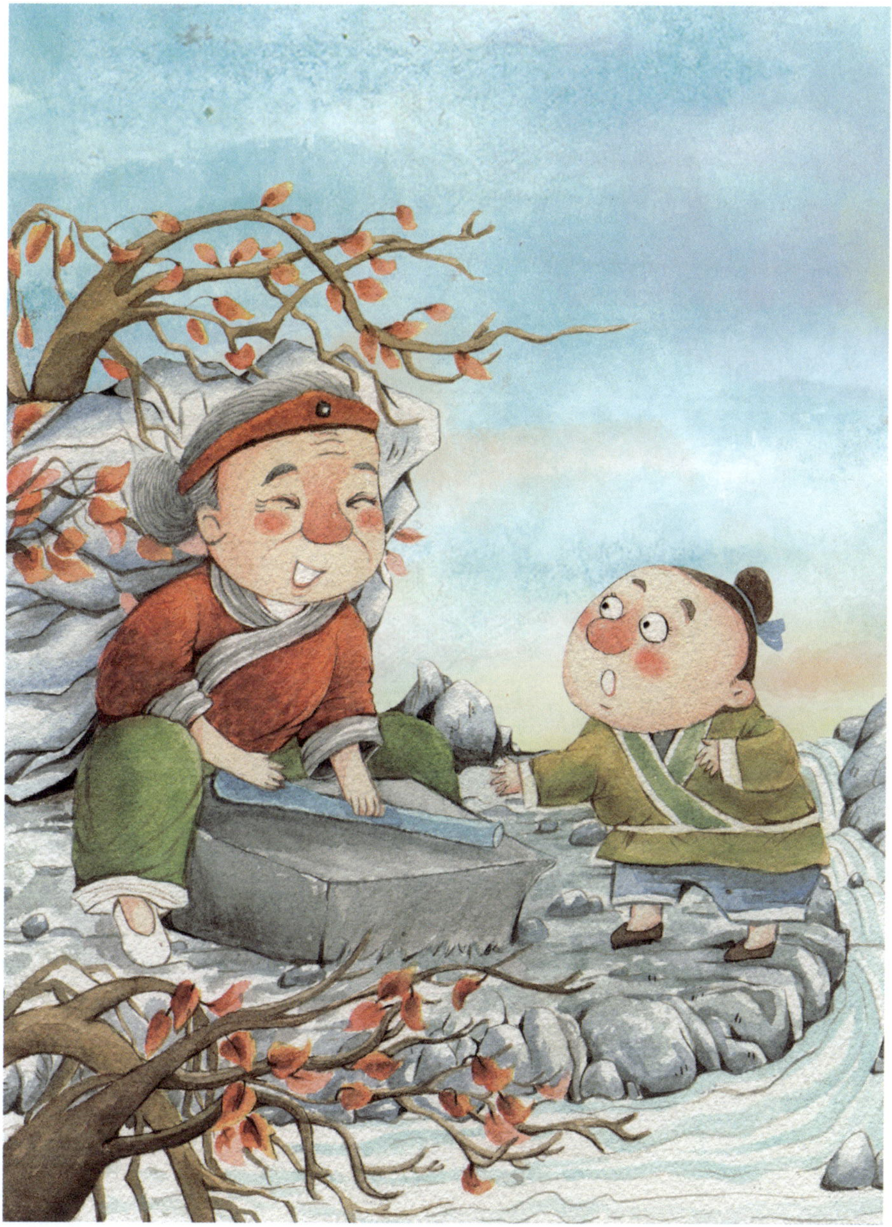

迈的老婆婆正坐在溪边，心无旁骛地忙活些什么。

李白走近仔细一看，原来老婆婆手里正拿着一根棍子般粗细的大铁杵(chǔ)，在石头上用力地打磨。

李白纳闷地问道："您这是在做什么呢？"

老婆婆手里的动作没停，只抬头看了看李白，回答道："我要把这根铁棒磨成绣花针。"

李白听完，吃惊地捂住了嘴，说："这么粗的铁棒，要何年何月才能磨成绣花针啊？"

老婆婆认真地告诉李白："孩子，你不要觉得这不可思议。滴水都能穿石，只要我坚持不放弃，总有一天能把铁棒磨成针的。"

李白沉思了一会儿，领会到其中的道理。原来，任何事情只要持之以恒，总有一天能成功。

于是，李白朝老婆婆深深地鞠了个躬，便立刻跑回学堂继续读书。

从那以后，李白再也没有逃过课。他勤勉学习，苦心钻研，遇到困难也从不放弃。

最后，李白成了唐代的大诗人，留下了众多传诵千古的诗篇，被后人誉为"诗仙"。

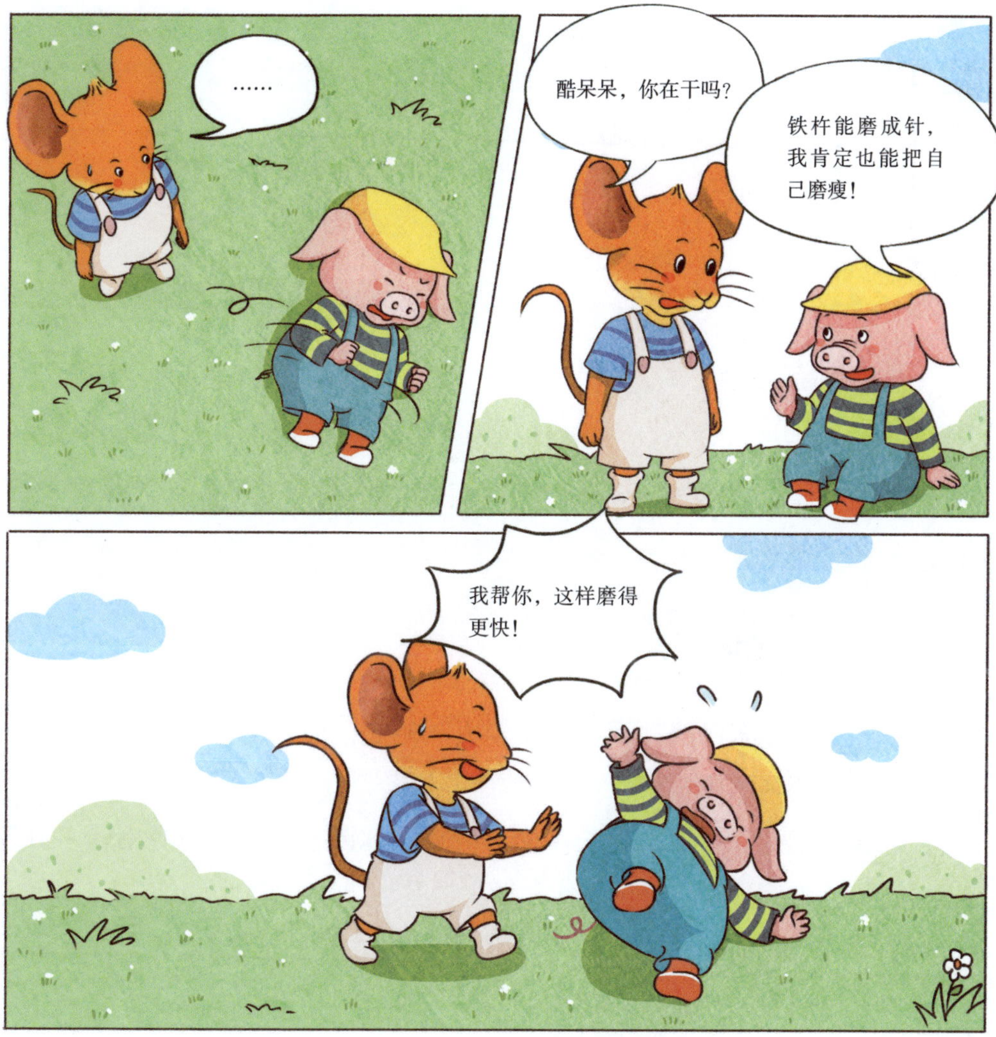
……
酷呆呆，你在干吗？
铁杵能磨成针，我肯定也能把自己磨瘦！
我帮你，这样磨得更快！

投笔从戎

成语小词典

出处 《后汉书·班超传》:"大丈夫无他志略,犹当效傅介子、张骞立功异域,以取封侯,安能久事笔砚间乎?"

释义 投:扔。戎:军队。后指文人从军。

近义词 弃文就武

反义词 解甲归田

成语造句

抗日战争时期,知识分子们纷纷投笔从戎,抵御日寇侵略。

成语故事

东汉时期,有个年轻人叫班超,他的父亲和兄长都是当时著名的史学家。

和父亲、兄长一样,班超饱读诗书。除了历史书籍,班超尤其喜欢读军事著作,每次都看得津津有味。

后来,班超的哥哥被汉明帝召去京城洛阳做校书郎,班超也一同前往。在洛阳的日子可不好过,他们没有多少收入,常常穷得揭不开锅。

为了贴补家用,班超找了一份帮衙门抄写公文信件的差事。

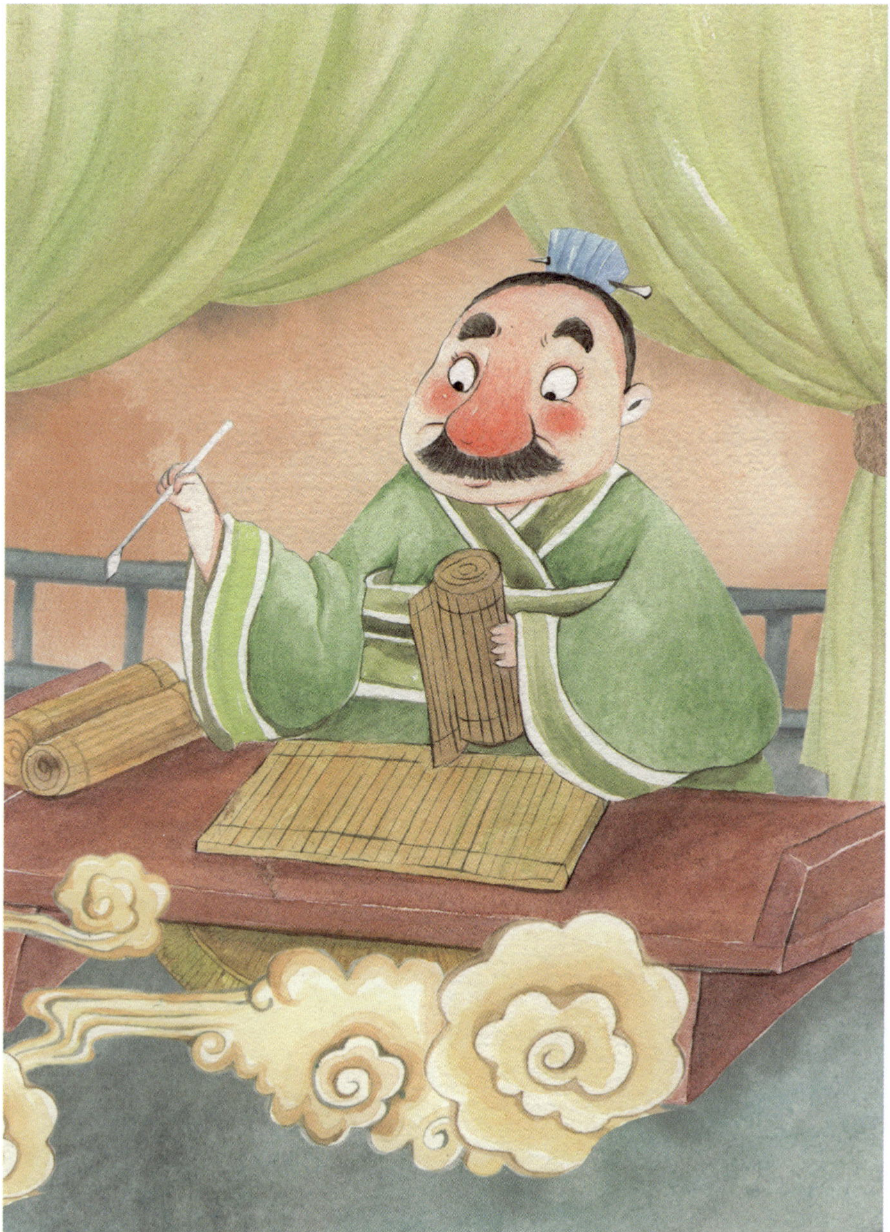

这份差事既琐碎又无聊，慢慢地，班超心里越发烦闷，觉得做这样一份没有意义的工作，简直是在浪费自己的生命。

他是个热血男儿，心中有大抱负，怎能这样虚度时光？

班超抄完了公文，突然，他感觉心中有一团火燃烧起来，越燃越旺，那是理想之火，他再也忍受不了这样庸庸碌碌的生活了。

啪！他把抄公文的毛笔往砚台上摔去，大声说道："大丈夫怎么能这么窝囊呢？整天干这种抄抄写写的小事！我应该像傅介子、张骞一样，志在远方，在战场上建功立业！"

后来，班超参了军，当上了军官。他在一场对匈奴的战役中立了大功，还带领了一千人出使西域，在西域一待就是三十多年，为汉朝和西域国家的和平相处做出了巨大贡献。

他终于实现了自己的理想。

拓展阅读：
班超出使西域，在三十一年的时间里收复了西域五十多个国家，班超也因此官至西域都护，封定远侯，世称"班定远"。

爆笑成语

淘皮鼠，作业还没写完呢！

我再也不拿笔了！

为什么？

因为我"投笔从戎"了！

韦编三绝

成语小词典

出处 《史记·孔子世家》:"孔子晚而喜《易》……读《易》,韦编三绝。"

释义 韦:皮革。古人用竹简写书,用皮条穿连,称"韦编"。三:概数,指多次。绝:断。泛指读书勤奋刻苦。

近义词 悬梁刺股

反义词 一曝十寒

成语造句

老龙咪咪之所以能成为跳跳镇的"百科全书",是因为他有韦编三绝的读书精神。

成语故事

孔子是古代著名的思想家、政治家,开创了儒家学派。

他是春秋末期鲁国人,多才多艺,学识渊博,门下有众多弟子。但是,到了晚年,他才开始学习《周易》。

那个时候还没有发明纸,书籍都是用竹子做成的。人们先把竹子表面上的青皮刮掉,烘干后再在上面刻字,称为"竹简"。竹简的长宽有所限制,只能写一行字,有时是八九个字,多的时候也就只能写上几十个字。因此,写一本书,就要用上许多竹简。书籍内容写上去之后,再把竹简按照顺序排好,用牢固

拓展阅读:

中国传统经典之一。相传系周文王姬昌所作,内容包括《经》和《传》两个部分。《周易》是中国传统思想文化中自然哲学与人文实践的理论根源,是古代汉民族思想、智慧的结晶,被誉为"大道之源"。

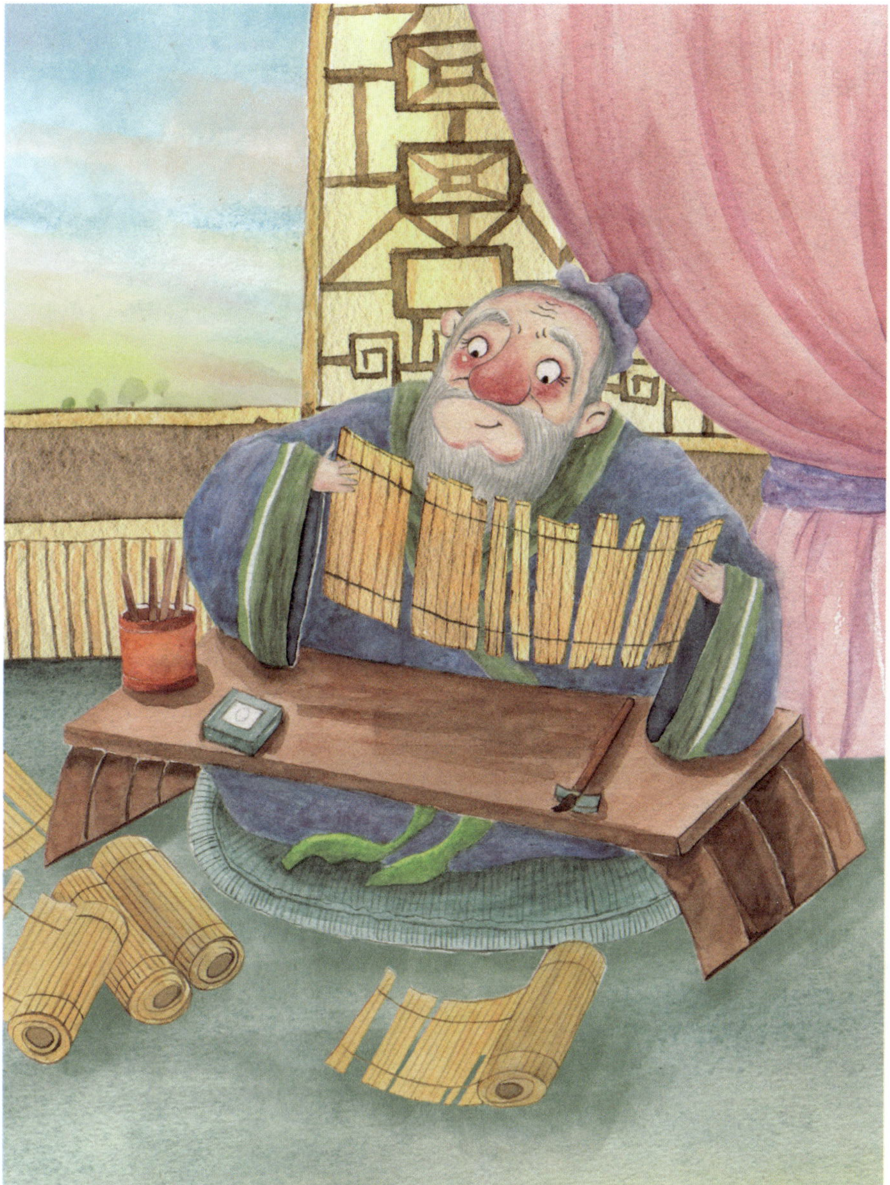

的牛皮绳把这些竹简编起来，这个过程就叫作"韦编"。

《周易》的字数很多，要用许多竹简才能编起来，所以整部书非常沉重。

孔子费了很多工夫，才把《周易》从头到尾读了一遍。但孔子并不满足，为了读懂这部书的全部内容，他又读了第二遍、第三遍，总算对其中的内涵有了比较深刻的理解。

为了研究这部书，也为了更好地将书里的内容传授给弟子，孔子时不时就会拿出《周易》翻阅。

后来，连接竹简的牛皮绳被磨断了好几次，孔子不得不换上新的绳子才能继续读。但即使是这样，孔子还总是遗憾地说："如果我能再多活几年，对《周易》的理解肯定能更为透彻。"

因此，人们常用"韦编三绝"来形容像孔子这种刻苦读书的精神。

爆笑成语

大家朗读第10页。

淘皮鼠,上课开小差,漫画书都翻得脱页了啊!

老师,我这叫韦编三绝。

闻鸡起舞

成语小词典

出　处　《晋书·祖逖传》："中夜闻荒鸡鸣，蹴琨觉曰：'此非恶声也。'因起舞。"

释　义　闻鸡：听见鸡叫。后指有志之士及时奋发，刻苦自励。

近义词　卧薪尝胆

反义词　苟且偷安

成语造句

获得成功的秘诀是要有闻鸡起舞的精神。

成语故事

东晋时期，有个叫祖逖（tì）的年轻人，他和好友刘琨一起担任司州主簿，两人志同道合，都有着建功立业的远大理想。

当时，西晋皇族内部争权夺利，少数民族起兵作乱，祖逖和刘琨对此很焦虑。

他们常常聚在一起探讨国家大事，有时候谈论到深夜，便会在一张床上休息。第二天一早，他们就起床练剑，立志成为文武双全的国家栋梁，报效祖国。

一天半夜，祖逖在睡梦中被一阵鸡叫声吵醒，他叫醒一旁

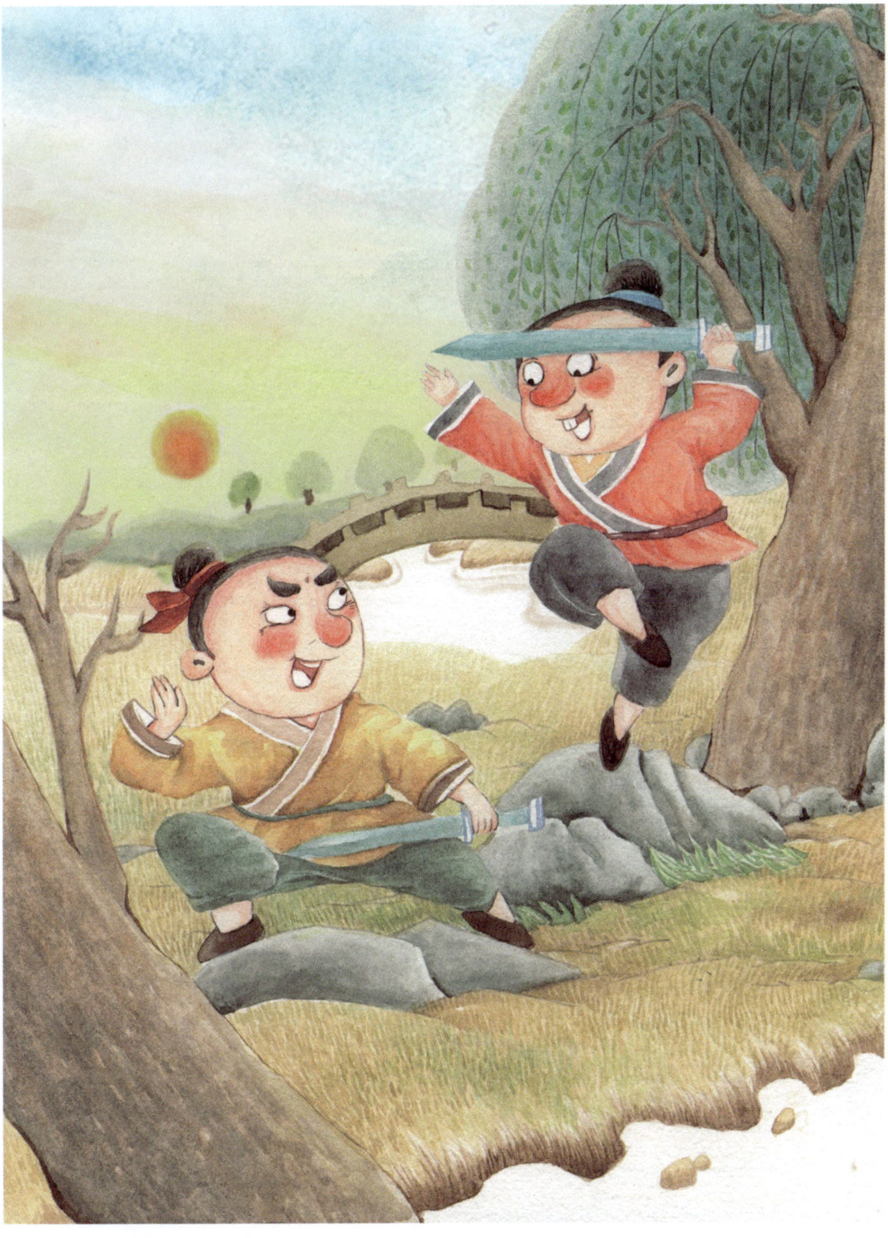

熟睡的刘琨，问道："你听到鸡叫声了吗？"

"是鸡叫声。"刘琨听了一会儿，继续说道，"不过，半夜听见鸡叫声不吉利。"

祖逖一边起身一边反驳道："我偏不这么想，以后，鸡叫声就是催促我们起床练剑的声音。"刘琨听后觉得有道理，便也跟着起床。

从此以后，他们只要一听到鸡叫，就立即起床练剑。无论是严寒酷暑，还是狂风暴雨，从不间断。

最后，祖逖被封为**镇西将军**；刘琨做了征北**中郎将**，兼管并、冀、幽三州的军事。两个人都为收复北方做出了贡献，实现了自己的理想。

> **拓展阅读：**
> 古代重要军事官职名称，为四镇将军之一。四镇将军指镇东、镇南、镇西、镇北四将军。

> **拓展阅读：**
> 中国古代官员名称。秦朝首先设置，在不同朝代，该职位的权力差异很大。

爆笑成语

我最近学了一个新魔法，你要试试吗？

好啊。

你闻闻我手上的味道。

啦啦啦啦啦啦……

这就是我的新魔法，闻鸡起舞。

卧薪尝胆

成语小词典

出　处　《史记·越王勾践世家》："越王勾践反国，乃苦身焦思，置胆于坐，坐卧即仰胆，饮食亦尝胆也。"

释　义　薪：柴草。形容刻苦自励，发愤图强。

近义词　泣血枕戈

反义词　一蹶不振

成语造句

想要获得比赛的胜利，淘皮鼠就必须卧薪尝胆，艰苦训练。

成语故事

春秋时期，吴、越两国交战，越国战败。越王勾践无路可走，只好听从谋臣的建议，派人向吴王夫差求和，并表示愿意当夫差的臣下伺候他。

夫差非常得意，认为越国已经不足为患，于是把勾践当成奴仆，肆意羞辱。

勾践时刻不忘战败的耻辱，他忍辱负重，装出一副顺从的样子，尽心尽力地服侍夫差。夫差外出，他便充当夫差的马夫为他牵马，就连夫差生病时，他也竭尽全力地照顾他。

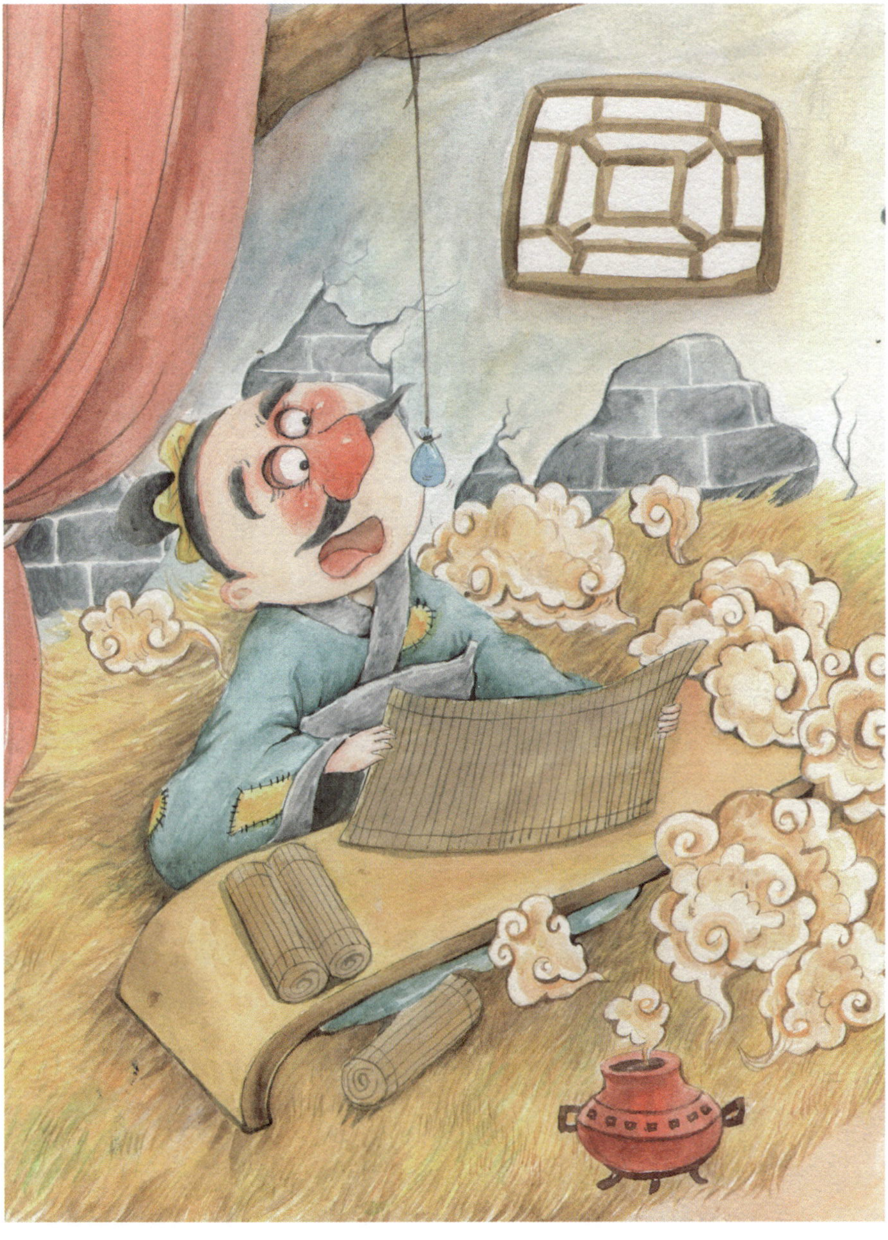

渐渐地，勾践赢得了夫差的信任。

三年过去了，夫差见勾践如此忠心，便将他放回了自己的国家。

勾践回国后，励精图治，时刻不敢松懈，一心只想复兴越国，洗刷在吴国所受的屈辱。

为了不让自己报仇的志气被舒适的生活所消磨，晚上休息时，他就睡在稻草堆上，用兵器当枕头。

他还在房间里悬了一枚苦胆，每天早上起床后，他都会尝一尝，感受苦胆的苦涩味，以此来提醒自己，不要忘记复仇。

不仅如此，勾践还大力加强国家的军队实力。有时候，他还会亲自去探访百姓们的生活，解决他们的问题，让他们真正过上安居乐业的生活。

他知人善任，将国家打理得井井有条。

时间过得很快，经过十年的努力，越国在勾践的带领下慢慢由弱转强。此时的越国兵强马壮，国泰民安，吴国却在夫差的带领下，走上了下坡路。

复仇的时刻到了。

勾践率领军队，趁吴王夫差带领精兵外出征战时，挥军北上，将吴兵打了个措手不及，并杀了太子友。公元前478年，勾践再次率兵攻打吴国，在越国的强势猛攻下，吴国屡战屡败。夫差派人向勾践求和被拒后，含恨拔剑自杀了。

至此，勾践的复仇之路，终于画上圆满的句号。

爆笑成语

这就是卧薪尝胆的故事。

勾践真是了不起!

就在这里吧。

你在干吗?

我也要成为越国的国王!

胸有成竹

成语小词典

出　处　《文与可画筼筜谷偃竹记》："故画竹，必先得成竹于胸中，执笔熟视，乃见其所欲画者，急起从之，振笔直遂。"

释　义　画竹子之前心中已有竹子的形象。比喻在做事之前心中已有充分的谋划打算。

近义词　心中有数

反义词　心中无数

成语造句

对于这次考试，淘皮鼠胸有成竹。

成语故事

北宋时期，有位大画家叫文同，他十分擅长画竹。文同笔下的竹子栩栩如生，千姿百态。他开创的**墨竹画派**，对后代画坛影响深远。

文同炉火纯青的画技可不是几天、几个月练成的。为了画好竹子，他着实下了一番苦功。

他在自家房屋的周围种了一大片竹子，里头有各个品种的竹子。他每天都要在竹林里待很长的时间，不论春夏秋冬，不论天气有多恶劣，他都要在竹林里细细观察竹子的形态、颜色

> 拓展阅读：
> 即湖州画派、湖州竹派，是中国画流派之一，代表人物有北宋文同、苏轼等。文同与苏轼是表兄弟，深受苏轼的敬重。

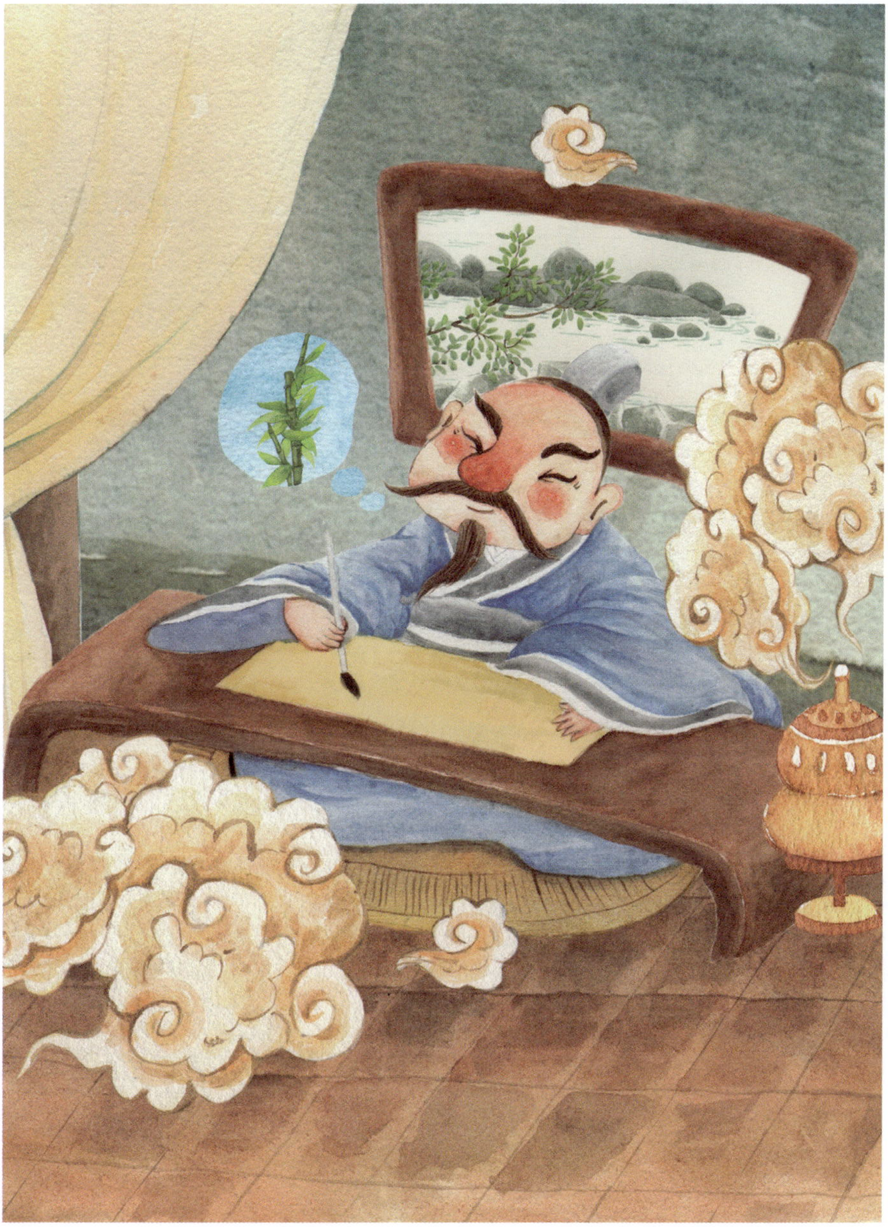

和变化。每个细节他都牢牢记在心里。

　　夏日的时候，竹林里又热又闷，汗水浸透了他的衣衫，豆大的汗珠从他的鬓角一颗颗滑落，他连抹都不抹一下，只顾着拿手比画着竹子，记录竹子的各种姿态。

　　有一次，一场罕见的大暴雨来临了。家家户户紧闭门窗，不敢轻易出门，唯独文同打开门，直奔竹林。

　　大雨倾盆，文同浑身湿透，雨水从文同的衣服上流下，像一条条小溪流。

　　对文同来说，暴风雨天气可是观察风雨中的竹子形态的绝佳时机。他细细观察着在风雨中飘摇的竹子，把它们受风吹雨打的形态牢记于心。

　　经过长年累月的观察和研究，文同的心中有了竹子的各种形态：在不同的季节、不同的天气、不同的光照下……形态不同的竹子之间的差异，他全部一清二楚。

　　每当文同提笔时，连草图都不用画，竹子的形象就会立即浮现在他的脑海中。

爆笑成语

复习得咋样了?

放心,我已经胸有成竹了!

这就是你说的胸有成竹吗?!

悬梁刺股

成语小词典

出处 《汉书》:"孙敬字文宝,好学,晨夕不休及至眠睡疲寝,以绳系头,悬屋梁。"
《战国策·秦策一》:"(苏秦)读书欲睡,引锥自刺其股,血流至足。"

释义 股:大腿。因怕困倦影响学习,就把头发束起来吊在房梁上,用锥子刺大腿。形容学习勤奋刻苦。

近义词 囊萤映雪

反义词 无心向学

成语造句

明天就要期末考了,淘皮鼠现在才开始复习,就算悬梁刺股都来不及了。

成语故事

东汉时,有一个叫孙敬的年轻人,非常热爱读书。

他每天从早上读到晚上,甚至到了半夜,还在坚持看书。时间一长,难免会打瞌睡。

为了不耽误学习,他想了一个办法。他找来一根绳子,将绳子的一端绑在自己的头发上,另一端则绑在了房间的房梁上。

只要他不小心睡着,脑袋一垂,绳子就会立马绷直,扯痛他的头皮。这样,他就能清醒过来,重新打起精神读书。

这样每日刻苦地学习,让孙敬学到了很多知识,后来终于

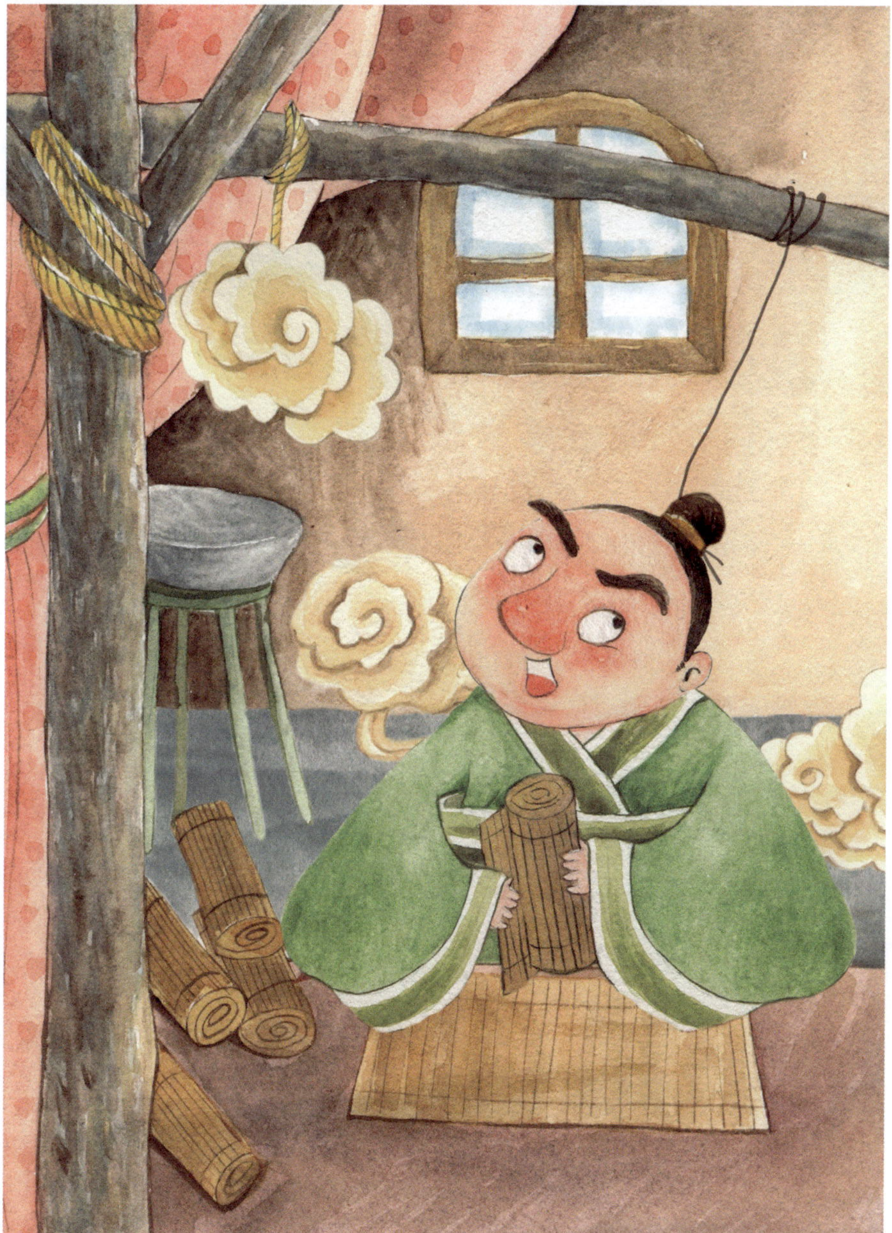

拓展阅读：
战国时期著名的纵横家、外交家和谋略家。他游说列国，得到燕文公赏识，随后出使赵国，提出"合纵"抗秦的策略思想，并最终组建合纵联盟，使秦国十五年不敢出兵函谷关。

成为一个有名的大学问家。

战国时期，也有一个年轻人用类似的方法学习，这个人就是苏秦。

苏秦年轻的时候，空有一腔雄心壮志，却没有什么学问，自然得不到别人的重用。

为了实现自己的抱负，苏秦下定决心，好好学习。为了能够学到更多的知识，他每天都在学习，就连休息时间都不愿意浪费。

有时候，实在困得不行了，他就会拿出事先准备好的锥子，在自己的大腿上扎一下，让自己清醒过来。

苏秦的努力没有白费，通过不断的学习，他渐渐成了一个有学问的人，最后，成了历史上有名的政治家。

后来，人们用"悬梁刺股"来赞扬这两个人的学习精神，鼓励大家像他们一样用功学习。

爆笑成语

明天就要开学了,淘皮鼠还在玩耍。

好困……好痛……

是不是现在才开始写作业?

我这是在学习古人悬梁刺股的精神!

夜以继日

成语小词典

出　处　《孟子·离娄下》："其有不合者，仰而思之，夜以继日；幸而得之，坐以待旦。"

释　义　意为晚上连着白天。形容日夜不停，多指工作或学习认真。

近义词　通宵达旦

反义词　游手好闲

成语造句

就要期末考了，淘皮鼠夜以继日地复习功课。

成语故事

周武王讨伐暴君统治下的商朝，成功将殷商推翻，建立了新的西周王朝。

不久后，周武王就去世了，他年仅13岁的儿子周成王继位。由于周成王的年纪还小，所以朝中大小事务几乎都是他的叔叔周公旦处理的。

周公旦很善于处理政事，是个德才兼备的出众人物。

他在辅佐周成王期间恪尽职守，竭力维护西周政权的稳固。无论是白天还是黑夜，周公旦都处于工作状态，丝毫不敢懈怠。

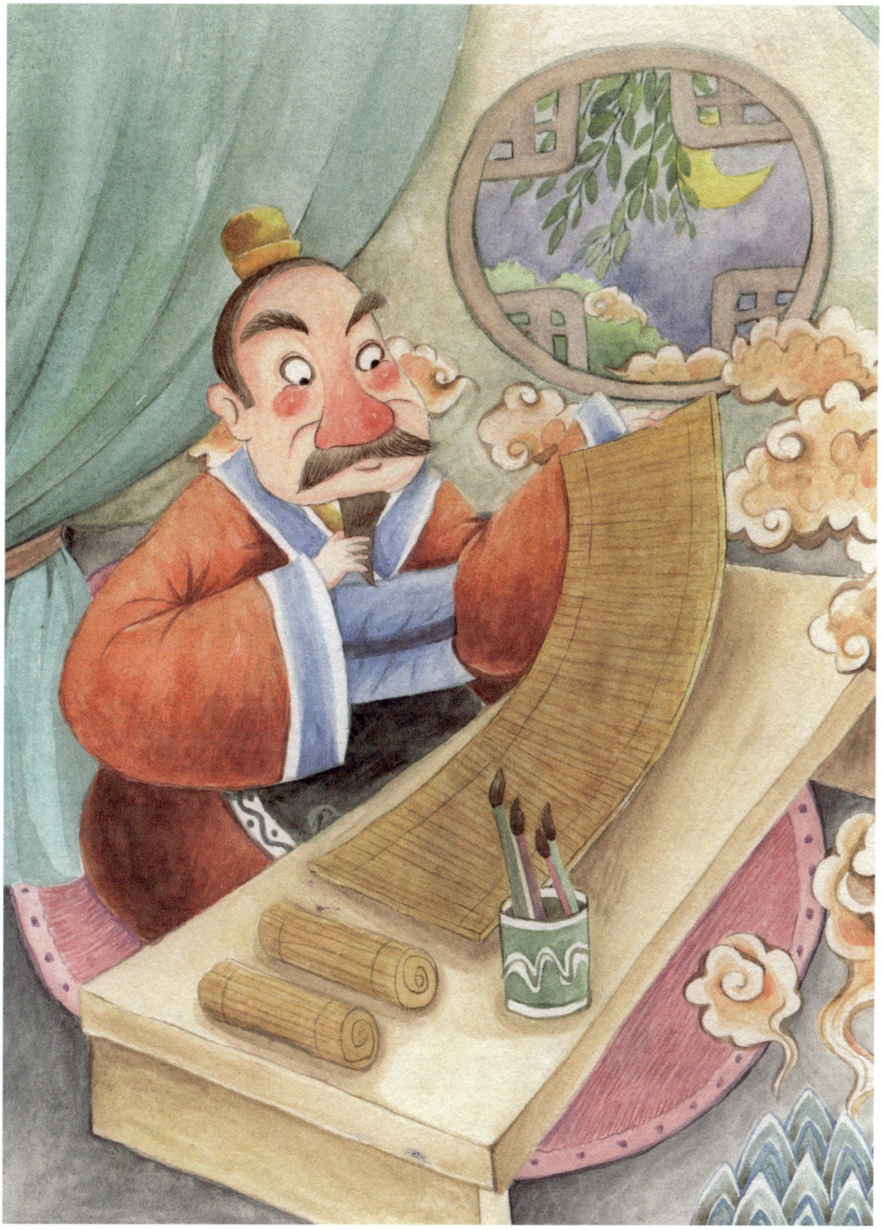

可即便如此，依然有一些贵族对周公旦满怀猜忌，质疑他辅政的目的。于是，他们在周成王面前，造谣指控周公旦有谋权篡位的野心。

为了夺权，周成王的兄弟勾结商纣王的儿子武庚，发动叛变。与此同时，东方的夷族也乘机作乱，周王朝处于内忧外患的局面。

周公旦首先消除了周成王对他的误解，接着又平定内乱，随后亲自率领军队向东边进军，成功击败夷族。他还制定了一套礼法制度，迁都洛邑，设立了周王朝的东都成周。

> 拓展阅读：
> 周朝都城洛阳的古称，是当时世界上最大的城市之一。

周公旦为了治理国家费尽心血，结果身体不堪负荷，在建立东都之后没多久就病逝了。

临死前，他恳切劝告大臣们要尽心辅佐天子治理国家，还提出自己死后一定要葬在成周，表达他永远臣服于成王的忠诚。

战国时期，孟子十分钦佩周公旦这份赤胆忠心的精神。他赞扬道："周公旦兼学三代开国君主的贤德来治理周朝，每当他发现有什么不合适的地方，就抬起头，日夜不停地想；想出了好办法，便坐着等待天亮，马上去实施。"

爆笑成语

就要开学了,淘皮鼠还在玩耍,他的暑假作业还没有写完。

糟糕,来不及了!

呃……15乘以5等于多少来着?

呼,我总算夜以继日地写完了作业!

一鼓作气

成语小词典

出 处 《左传·庄公十年》:"夫战,勇气也。一鼓作气,再而衰,三而竭。"

释 义 作:振奋。气:勇气。比喻趁着勇气十足的时候一下子把事情做完。

近义词 一气呵成

反义词 再衰三竭

成语造句

淘皮鼠写作文总是一鼓作气,一气呵成。

成语故事

春秋时期,齐国发兵侵犯鲁国。

当时,两国国力悬殊,齐国十分强大,鲁国相对弱小。之前,齐、鲁交过几次手,都以鲁国失败告终。

胳膊哪能掰赢大腿呢?鲁国国君鲁庄公愁得唉声叹气。

虽然明知胜算不大,但鲁庄公还是打算迎战。做君主要有骨气,他宁死也不当缩头乌龟!

曹刿(guì)是周文王第六子曹叔振铎的后人。他熟读兵书,头脑也灵活。听说齐国要侵犯鲁国,曹刿想要为鲁国出力,于

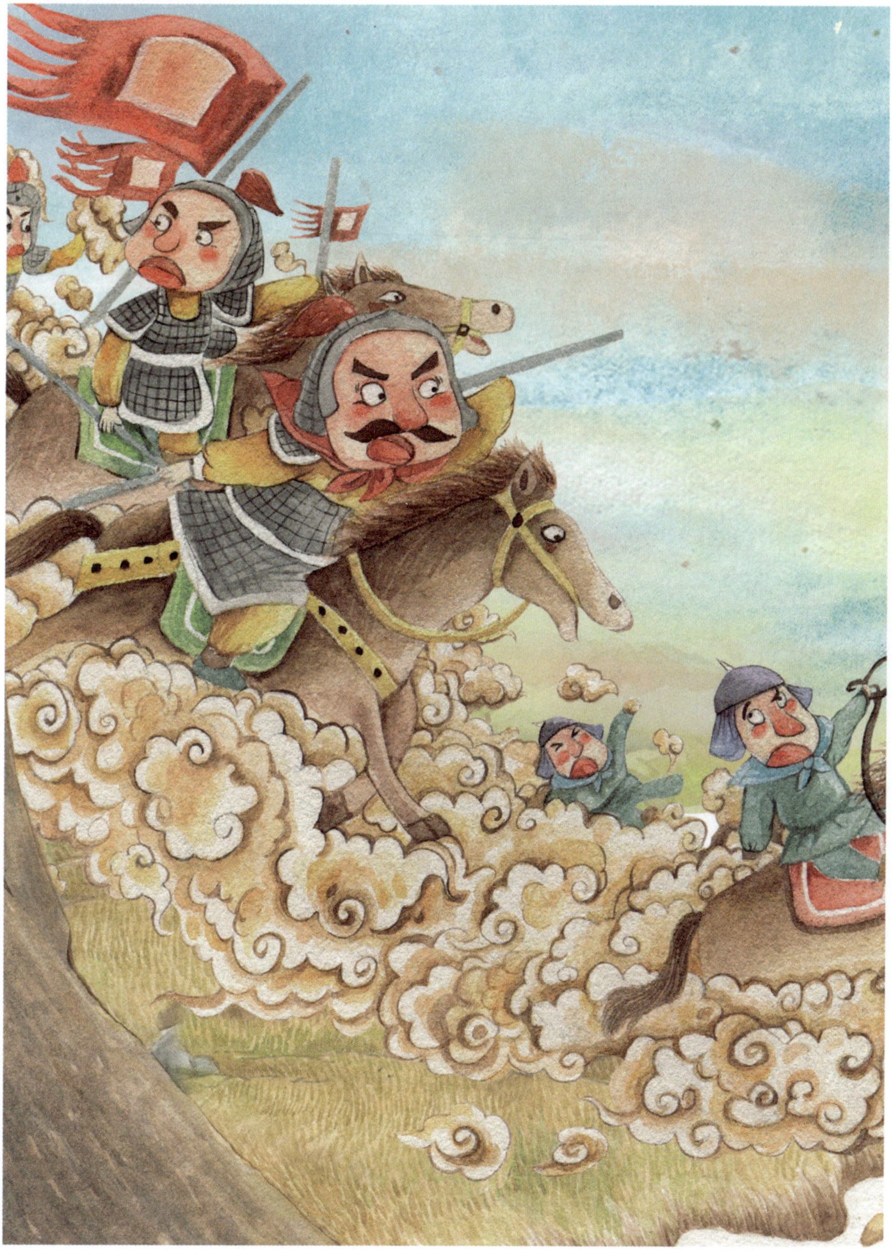

是请求面见鲁庄公。

鲁庄公觉得曹刿的见解十分精辟，便在作战时带上了他。

曹刿和鲁庄公同乘一辆战车，在**长勺**与齐军交战。交战双方排好阵势，战斗的号角吹响了。

齐军的战鼓擂得震天响，气势汹汹，他们准备进军了。

鲁庄公也想号令鼓手擂鼓时，曹刿阻止道："等一等。"

齐军见鲁军一点儿反应也没有，便又擂了一通鼓。这次的鼓声明显比上次弱了一些。

曹刿还是让鲁庄公按兵不动。

齐军擂了第三遍鼓，鼓声稀稀落落的，全然没了之前的气势。

这时，曹刿才说："进兵！"

鲁军的战鼓敲响了，战士们士气高昂，奋力冲杀，把齐军打得满地找牙，败阵而逃。鲁军乘胜追击，把齐军通通赶出了鲁国。

长勺之战以鲁国的胜利告终，这简直是个奇迹！鲁庄公不明白曹刿的战术，事后让曹刿解释缘由。

曹刿露出笑容，解释道："打仗很大程度上靠的是勇气。第一次擂鼓时，士兵们的勇气最足。第二次擂鼓时，勇气就会衰弱。到第三次擂鼓时，勇气就枯竭了。我方勇气最足的时候，敌方勇气最弱，所以我们才能打败他们。"

拓展阅读：

长勺之战：发生在春秋时代齐国与鲁国之间的一场战役。此次战役是继干时之战后齐、鲁两国另一次重要战役。鲁国在此次战役取得胜利，间接促成数年后齐鲁息兵言和。

爆笑成语

零食真好吃。

别一次吃那么多零食!

老师说,做事情要一鼓作气。吃零食当然也要一鼓作气啦。

那我也"一鼓作气"地打你的屁股一百下!

一鸣惊人

成语小词典

出 处 《韩非子·喻老》:"虽无飞,飞必冲天;虽无鸣,鸣必惊人。"

释 义 本指鸟鸣叫一声就使人震惊,后用以比喻平时表现平平,突然获得优异成绩,令人惊讶。

近义词 一飞冲天、一举成名

反义词 屡试不第、默默无闻

成语造句

小鸡布丁平时默默无闻,没想到这次竟然获得了"魔法大赛"的第一名,真是一鸣惊人啊!

成语故事

楚庄王熊旅是**春秋五霸**之一。他的父亲楚穆王去世之后,他就即位当上了楚国国王。

可是,他执掌朝政三年,却没有颁布过一条法令,也没有做出一点政绩。

白天,他出门去打猎游玩;晚上,则和妃子们喝酒取乐,国家大事一点儿都不管。

大臣们对此十分忧心,楚庄王也知道他们对自己的行为非常不满,于是下了一道命令:如果谁敢来劝谏,就把他拉出去

拓展阅读:

春秋时期,周王室势力衰微,无法控制各诸侯国。一些强大的诸侯国为了争夺天下,开启了激烈的争霸战争,前后共有数位诸侯依次成为一方霸主,是春秋时期特定阶段的历史产物。

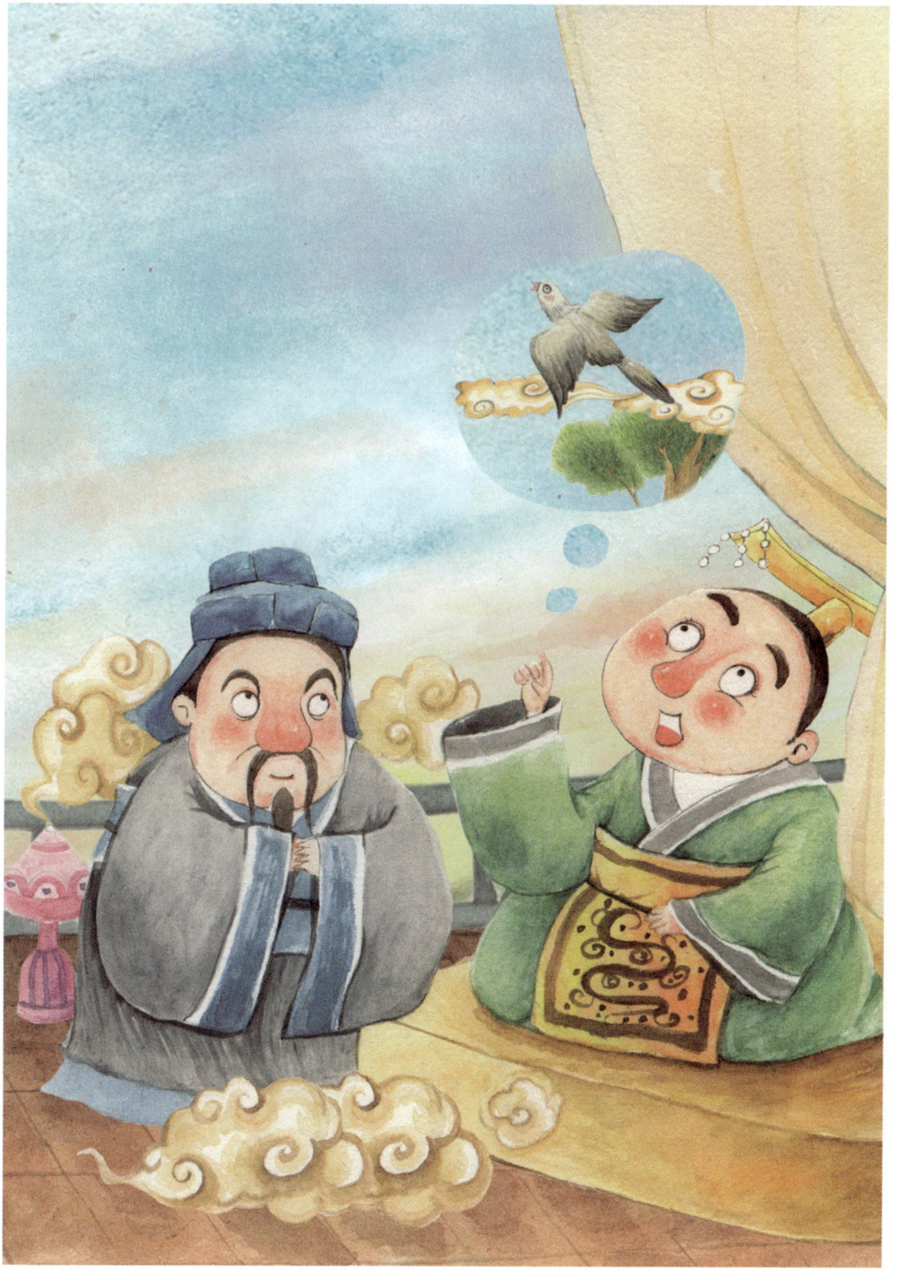

斩了。

当时的**右司马**伍举前去面见楚庄王，他对楚庄王说："大王，我听说了一件怪事：有一只鸟停在南方的阜山上，三年了都没有张开过翅膀，既不飞翔，也不鸣叫，只是沉默地待在那儿。您知道这是什么鸟吗？"

楚庄王回答说："那只鸟三年不展翅，是为了长出更强健的翅膀；不飞也不鸣叫，是在观察人们的态度。这只鸟虽然还没飞翔过，但只要飞起来，就会冲到天上；虽然还没有鸣叫过，但一旦叫起来，一定会十分惊人的！你不用担心，我已经知道你的意思了。"

过了半年，楚庄王开始管理朝政，他废除了十项旧政令，颁发了九条新政令，还杀掉了五个危害国家的奸臣，起用了六名有才能的隐士。楚国国力因此迅速增强。

后来，楚庄王发兵攻打齐国，在徐州将其打败，而后又在河雍战胜了晋国，接着，在宋国和诸侯汇合，终于成为一代霸主。

> **拓展阅读：**
> 司马为古代官名，西周时期开始设置。春秋战国时期沿用并设置左司马和右司马的职务，来划分在战争中的具体分工。

爆笑成语

小鸡布丁的爸爸每天清晨都起来打鸣。

有一天,爸爸还没起床,小鸡布丁就摸黑跑到草垛上打鸣。

我也想要一鸣惊人!

小鸡布丁,你在做什么?

义无反顾

成语小词典

出　处　《史记·司马相如列传》："触白刃，冒流矢，义不反顾，计不旋踵，人怀怒心，如报私仇。"

释　义　反顾：回头看。为合乎道义的事情而勇往直前，决不回头。

近义词　勇往直前、当仁不让

反义词　望而却步、畏缩不前

成语造句

我们应该义无反顾地为自己的梦想奋斗。

成语故事

西汉时期，汉武帝派大臣唐蒙到巴蜀修治"西南夷道"。

可是，没想到，唐蒙居然征用大量民工，还杀了当地部落的首领。因为时常会有骚乱发生，当地的百姓每天都惴惴不安。

汉武帝听说了这个消息，急忙让**司马相如**前去平息事端。

司马相如最擅长的是写诗赋，他的很多文章在当时广为流传。汉武帝希望他能写一篇文告，向巴蜀百姓解释这件事，安抚一下他们。

司马相如到巴蜀后，写下了《喻巴蜀檄》。

拓展阅读：
西汉辞赋家，原名司马长卿，因仰慕战国时的名相蔺相如而改名。

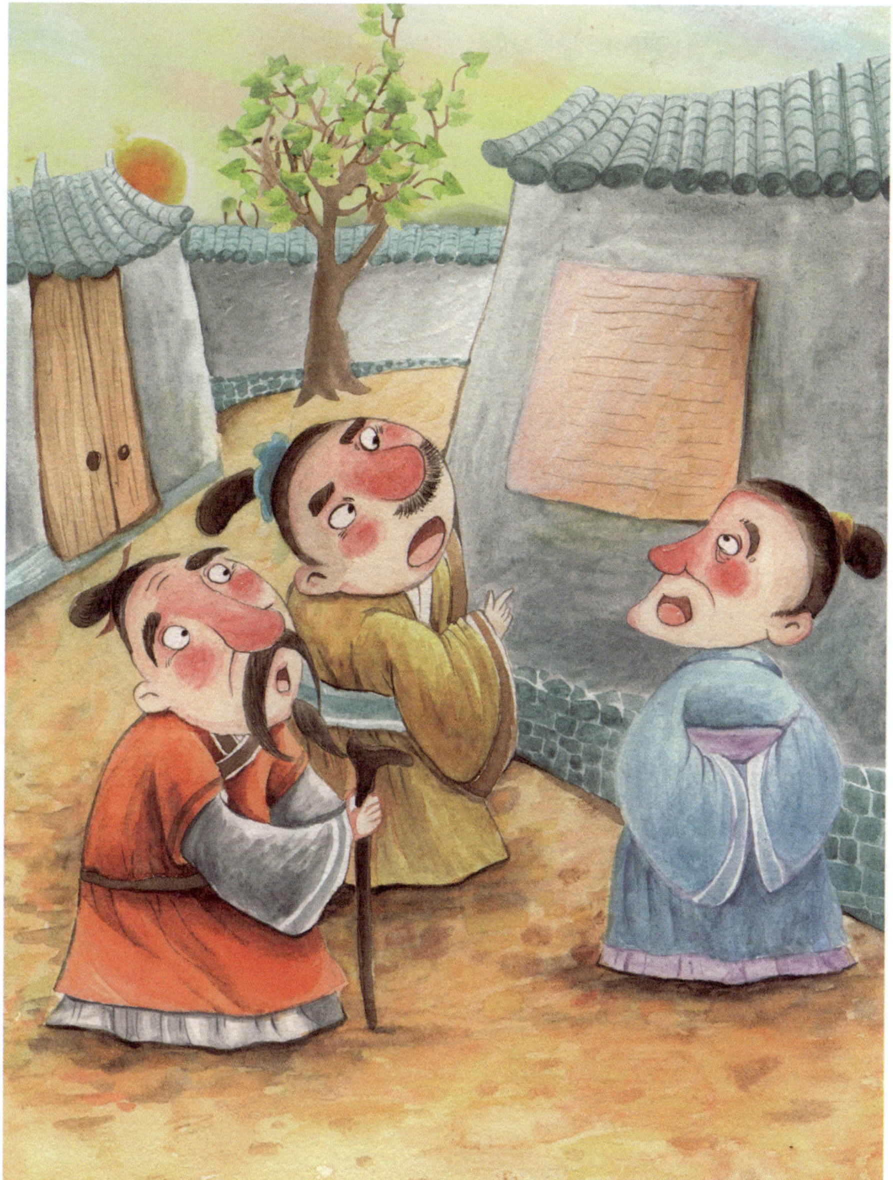

在这篇文章中，司马相如对百姓们解释道："征集民众和士兵来修筑道路本是益国利民的好事，这是陛下的旨意，希望大家能多多支持。但是没想到竟然惊扰到百姓，这就不是陛下的本意了。有的人不明白国家的法令制度，吓得擅自逃亡，自相残杀，这些都是不应该的。我们应该为国家献出自己的一份力，尽到一个臣民该尽的责任，就像士兵在作战时，应该迎着刀刃和利剑而上，不能有所顾忌，绝不容许回头看，宁可战死也不能转过脚跟逃跑……"

巴蜀的百姓看了司马相如的这篇公告，感到很安心，骚动总算平息了。修路的工程终于可以顺利地进行，汉武帝很高兴，将司马相如提拔为中郎将。

爆笑成语

妈妈,买些冰激凌吧。

好吧,但是你不能吃太多哦。

鼠妈妈买回了够淘皮鼠吃一整个夏天的冰激凌。

淘皮鼠一连吃了两个,结果肚子痛。

呜呜……肚子好难受。

冰激凌是我让妈妈买的,就算吃了拉肚子,我也义无反顾。

众志成城

成语小词典

出处 《国语·周语下》："众心成城，众口铄金。"

释义 城：城墙。众人同心协力，就能像坚固的城墙一样不可摧毁。比喻团结一致，就能形成强大的力量。

近义词 万众一心

反义词 孤掌难鸣

成语造句

跳跳镇的小朋友们众志成城，最终赢得了拔河比赛的胜利。

成语故事

周朝末年，周景王即位。

周景王是个生活奢靡的人。他觉得国库里的钱财太少，就下令废除市面上流通的小钱，改为铸造大钱。其实，他是想借此机会搜刮百姓的钱财，供自己享用。

大夫单穆公觉得这项改革对市场流通不利，而且是对平民百姓的一种剥削，因此极力劝说周景王不要这么做，可周景王还是固执己见，不听劝阻。

没过多久，周景王又突发奇想，准备用铜钱来铸造两座大钟。

> **拓展阅读：**
> 古代官阶，非官职。西周以后各诸侯国中，在国君之下设卿、大夫、士三级。

· 155 ·

单穆公听说此事，连忙竭力劝阻周景王放弃这项计划，但周景王照样不听，直接下令收集全国的铜钱用来铸钟。

一年以后，大钟铸成了。一个敲钟人想要取悦周景王，特意奉承地夸赞："这两座大钟的声音真悦耳啊。"

周景王听完大钟敲响的声音以后，满意地点点头，问身边的**司乐官**伶（líng）州鸠（jiū）："你觉得这钟声动听吗？"

伶州鸠知道铸造这两座大钟给百姓带来了很重的负担，民间到处都是怨恨的声音，就回答道："大王，我认为这声音一点也不和谐。如果这钟能给百姓带来好处，那么它就是座好钟。可是，这两座钟是用百姓的血汗钱铸造而成的，他们心中都充满了怨恨。有一句话叫'众心成城，众口铄金'，意思是：民众的心如果团结在一起，就能比城墙还要坚固；民众如果都反对一件事，那么大家的言论甚至连金子都能消融。您这么做，万一百姓的怨恨爆发，后果是不堪设想的！"

周景王压根没有把伶州鸠的这番话放在心上，还是整天沉浸在奢靡的生活里。

结果，隔年他就因心疾逝世了。随后，周朝爆发了长达五年之久的内乱。

拓展阅读：
中国古代官职名，具体指掌管音乐的官吏。

爆笑成语

淘皮鼠在海边堆城堡。

啊！我的城堡！

淘皮鼠叫酷呆呆帮忙。但是一个浪打过来，城堡还是坍塌了。

加油！

众志成城，我们一定能把城堡再堆起来。

读诗词 猜成语

1. 千呼万唤始出来，犹抱琵琶半遮面。

2. 长风破浪会有时，直挂云帆济沧海。

3. 郎骑竹马来，绕床弄青梅。

4. 回眸一笑百媚生，六宫粉黛无颜色。

5. 捐躯赴国难，视死忽如归。

6. 身无彩凤双飞翼，心有灵犀一点通。

7. 黄鹤一去不复返，白云千载空悠悠。

8. 折戟沉沙铁未销，自将磨洗认前朝。

9. 女娲炼石补天处，石破天惊逗秋雨。

10. 山重水复疑无路，柳暗花明又一村。

答案：
1.千呼万唤 2.乘风破浪 3.青梅竹马 4.回眸一笑 5.视死如归 6.心有灵犀 7.一去不复返 8.break磨洗 9.石破天惊 10.山重水复，柳暗花明

读诗词　猜成语

11. 春风得意马蹄疾，一日看尽长安花。

12. 物是人非事事休，欲语泪先流。

13. 去年今日此门中，人面桃花相映红。

14. 粉身碎骨全不怕，要留清白在人间。

15. 近水楼台先得月，向阳花木易为春。

16. 等闲识得东风面，万紫千红总是春。

17. 江东子弟多才俊，卷土重来未可知。

18. 今逢四海为家日，故垒萧萧芦荻秋。

19. 奇文共欣赏，疑义相与析。

20. 持谢邻家子，效颦安可希。

答案：
11. 春风得意 12. 物是人非 13. 人面桃花 14. 粉身碎骨 15. 近水楼台 16. 万紫千红 17. 卷土重来 18. 四海为家 19. 奇文共赏 20. 东施效颦

图书在版编目（CIP）数据

藏在成语里的历史故事.励志篇／晓玲叮当编著. -- 南昌：二十一世纪出版社集团，2019.6（2023.5 重印）
ISBN 978-7-5568-3939-1

Ⅰ.①藏… Ⅱ.①晓… Ⅲ.①汉语—成语—故事—少儿读物 Ⅳ.①H136.31-49

中国版本图书馆CIP数据核字(2019)第051254号

藏在成语里的历史故事·励志篇
CANG ZAI CHENGYU LI DE LISHI GUSHI · LIZHI PIAN
晓玲叮当 编著

责任编辑	方 敏 江 萌
责任制作	饶思婕
绘 画	耿显方 林 汛
出版发行	二十一世纪出版社集团
	（江西省南昌市子安路75号　330025）
网 址	www.21cccc.com
出 版 人	刘凯军
经 销	新华书店
印 刷	南昌市印刷十二厂有限公司
开 本	720 mm×960 mm　1/16
版 次	2019年6月第1版
印 次	2023年5月第4次印刷
字 数	100千字
印 张	10
印 数	25 001~30 000册
书 号	ISBN 978-7-5568-3939-1
定 价	25.00元

赣版权登字-04-2019-284
版权所有，侵权必究
（凡购买本社图书，如有缺页、倒页、脱页，由发行公司负责退换。服务热线：0791-86512056）